不滅のワイルズ

穂積良洋
HOZUMI Yoshihiro

文芸社文庫

闘う気力が戻ったのは、何より元の生活を取り戻すためです。気分の悪い満員電車に乗り学校へ行き、ＨＲに行く前に校舎入り口の自販機でコーヒーを買い、まだあまり人のいない教室で荷物を降ろしてコーヒーを飲んで一息ついて、教科書類を整理して、……という日常を取り戻すためです。

はじめに

２０１０年8月1日、日曜日、午後10時10分。息子は17年と半年の生涯を閉じた。小学3年のときに、Ｔ細胞型急性リンパ性白血病（Ｔ－ＡＬＬ）を発症し、2年間の化学療法を行った。しかし、中学1年で再発。化学療法と骨髄移植を行い、治癒するかと思われたが、２００９年2月、高校1年でまさかの再々発。治療は困難をきわめたが、化学療法と2度目の骨髄移植を乗り越え、２０１０年3月18日、完全退院が決定した。だが、前日の退院前検査で中枢神経再発がわかり、ついで6月に骨髄再発も発覚した。

息子は9年1カ月という人生の半分以上を白血病と向き合い、究極の絶望や哀しみを幾度も経験したが、不屈の精神は最期の瞬間まで持続していた。

迫りくる死のかげを受容し、準備を進め、亡くなる4日前に「本を出したい。自分がこの世に存在した証しを残したい」と真剣な目で見つめる息子に、私たちは約束をした。

親というものは、どんなことをしても子供の喜ぶ顔が見たい。

この世にはもういないひとり息子が、出版の実現を見て満面の笑みをたたえている光景が目に浮かぶのである。

ワイルズ父・母

＊＊＊＊＊

この手紙をあなたが読んでいるとき、私はもうこの世にいないでしょう。死体があるか、ないかの違いはあるでしょうが。

さて、自分が死んだ後の人に向けて文章を書くのも奇妙な気分ですが……。できるだけ辛気臭いのは望まないので、多少文章が砕ける場面も見られると思いますが、ご容赦ください。

遺言は、「お世話になりました。先に行っています」……くらいでしょうか。不特定多数に向けたものとすると。

友人たちへの遺言。俺の人生のなかで結局一番楽しかったのは、みんなと遊んで騒いでいるときでした。

あらゆるしがらみから解き放たれ、本能のままに生きる――と言うと聞こえはいいけど、要するに童心にかえれて楽しかったぜ、ということ。

友達は宝と言うが、まさにその言葉とおりでした。

……ええい、よそよそしい！　男はさっぱり別れるってのがジャンプ流よ！

お前らとの日々、楽しかったぜ！　俺は最高の友を持ったと思う！

一足先に逝かせてもらうが、俺たちは魂の友だ！　あの世に逝ったたってつながってんだから、きっと何十年か先になったらまた逢えるさ！

そのときはみんなヨボヨボのジジイで、俺だけ華の17歳ってことになるのかな。そんときはからかってやるよ！

まあ、俺の分も、俺ができなかったことを、はたして生きてくれってことよ。

具体的に何かって？　言わせんな、恥ずかしい。

んじゃ、これでお別れだ。さよならとは言わないでおくよ。またな！

そして恩師たちへ。この度は、先立つ不幸をお赦しください。

思えば、私は幼稚園のときから、指導者には恵まれっぱなしでした。

今の私という人格が存在するのは、良き指導者に巡り合えたからだと確信しております。

集団生活というものが大嫌いだった私は、トラブルが絶えず、ご迷惑をおかけしたと思います。ですが、皆さんのご指導のおかげで、高校生になってからは、集団の一員として、仲間の一人として、笑顔になることができました。

勉学に関しては、井の中の蛙（かわず）だと自覚しております。井の外の世界に出会う前に逝くことは不本意ですが、今ではそれもまた一興と。

おそらく、私の死は後続の者たちに、何らかの波紋として伝わると思います。

私の遺志は、級友、そして後輩へと語ってください。「死」について、今の教育では全く理解できないまま、多くの子供が成人していってしまいます。

「死」は特別なことでも、恐れるべきことでも、辛いことでも、苦しいことでもない、ということを、教えてほしいのです。

かつて、笑いながら自分の葬儀を指示し、遺書を書いた子供がいたことを、知ってほしいのです。

最後になりますが、本当に今までありがとうございました。

その他、これまで私にかかわったすべての方へ、ありがとうございます。

たとえ肉体が滅んでも、私は皆様の心に刻まれ、これからの刻を生き続けるでしょう。

ワイルズ／穂積良洋

※本書は、ブログ「ワイルズの闘病記（http://pon4416.blog65.fc2.com/）」、趣味のブログ「WORLD46（http://world46.blog109.fc2.com/）」「Twitter（http://twitter.com/wiles4416）」「pixiv（http://www.pixiv.net/PON4416）」「tumblr（http://wiles4416.tumblr.com/）」を編集・再構成した単行本『ワイルズの闘病記』（２０１１年、文芸社刊）にさらに加筆修正をし、改題、文庫化したものです。

2009年

ごあいさつ

はじめまして。私はワイルズと申します。

１９９３年1月12日生まれの男子高校生です。

小学校３年生のときにT細胞型急性リンパ性白血病（T－ALL）を初発し、２年間の化学療法を行いました。

中学1年生のときにT－ALLが再発し、半年間の化学療法のあと、骨髄移植を行いました。

そして、２００９年2月、高校1年生の冬にT－ALLが再々発し、現在骨髄移植を目指した治療を行っています。

骨髄移植後、中学時代は体の調子があまり戻らず、欠席や早退ばかりで正直暗い生活でしたが、高校に進んでからは心機一転ということで、無遅刻無欠席。明るく生活していました。

中学時代とはまったく違う環境で、新しい友達もたくさんでき、運動能力もそれなりになってきて、コンピュータ愛好会に入ってプログラミングに燃える（それまでは部活とかに熱中することがなかったので）日々と、とても充実した毎日を送っていました。

そして移植から3年が経過し、もう再発の心配もないだろうと思っている矢先にまさかの再々発……。

いや、ありえない、というのが最初の気持ちでした。

最大のショックは、ここまで軌道に乗っていた生活が崩れてしまったこと。全く同じ生活を取り戻すには、途方もない時間と労力がかかります。

非常に趣向を凝らして作り上げていたドミノが、地震で倒れてしまったようなものです。

ドミノを倒すのは私のミスではなく、地震なのです。白血病は、何の理由もなく唐突に人の人生を狂わせる、抗いようのない自然現象なのです。

それがまたどうしようもなく腹立たしいことです。

また、再々発となると、そもそも治療自体が難しくなるというのもショックでした。

前回の再発時は、治療すれば効果があり、予定も立てられていたのですが、今回はまったくの手探り状態です。

下手をすれば骨髄移植にすらこぎつけない可能性もあると考えると、もう怖くて仕方ありませんでした。

しかし、時間といろいろな人の支援があり、闘う気力が戻りました。

仲間というのがいかに尊いか、とことん思い知りました。

勝算は低い闘いです。

本を読むと、5年生存率は20％だとか10％だとか、確率的にはひどい数字が載っています。

しかし「可能性」はあるわけで、つまり結局のところ確率なんてものはただの数字に過ぎないわけで、実際の闘いには関係がないと思っています。

「お前がこの闘いに勝つ確率は100分の1だ」と言われたら、「私は白血病になりましたが、その確率は10万分の1で、今回の再々発はそのさらに100分の2です」と返せばいいのです。

それに、状況に関して言えば、今までで一番悪いはずなのに、なぜか私は今回の勝利と、それによる白血病との闘いの完全な終了を、強く確信しています。

これは論理ではなく直感です。

闘う気力が戻ったのは、何より元の生活を取り戻すためです。

気分の悪い満員電車に乗り学校へ行き、ＨＲに行く前に校舎入り口の自販機でコーヒーを買い、まだあまり人のいない教室で荷物を降ろしてコーヒーを飲んで一息ついて、教科書類を整理して、……という日常を取り戻すためです。

そしてもう一つは、白血病という存在に対する単純な怒りです。

今までは、この運命を悲しいとしか感じたことはなかったのですが、今回はそれを越えるほどの怒りを覚えました。何度私を苦しめれば気が済むのか、お前に私の人生を狂わせる権利はない、絶対に消滅させてやる、という想いです。

この想いは、今回の闘病が終わっても決して消えることはありません。

将来、白血病の研究を行い、長らく多くの人を散々苦しめてきたこの最悪で最低な病に、自らの手でピリオドを打ちたいという明確な目標を持ちました。

その想いを込めて、多くの数学者がその人生をかけてチャレンジしたものの解けなかった「フェルマーの最終定理」を証明したイギリスの若き数学者、アンドリュー・ワイルズの名を拝借して、「ワイルズ」というハンドルネームを決めました。

できる限りのことをやって精一杯今を生きる、というだけでは不十分です。

できる限りのことをやって精一杯今を生き、そしてこれからも生きていくつもりです。

要するに死んでたまるかということです。

そんな私の辿った道を記録します。

これを読んだ人が、何かを感じてくれたなら、まあ別に何も感じてくれなくても、それで十分です。

闘病記開始　2月24日

こんにちは。ワイルズです。
いろいろありましたが、今日からようやく闘病記的なものを書くことにしました。
とりあえずここ1カ月のまとめでも書いておこうと思います。
1月21日～23日　スキー教室
1月24日～2月8日　熱により欠席
2月9日　地元病院で血液検査、小児医療センターで血液検査
2月10日　小児医療センター入院、再々発確定
2月17日　CVカテーテル手術、抗がん剤治療（寛解導入療法）開始
2月18日～　治療中

昨日主治医から今後の治療について話がありました。

やはり手探りで反応を見ながらやっていく感じですが、骨髄移植は多分やるみたいです。

まあなんというか非常に難しい治療になりそうなわけですが、ここまで来ると治療の成功率のパーセンテージはほとんど意味がない（実際この再々発自体が確率的には1％くらいだったので）と思うので、結局はうまくいくかいかないかの2択でいいんじゃないかと思います。

まあとにかくやるしかないってことですね。

こんな感じで調子いいときにいろいろ書いていくんで、よろしくお願いします。

治療レポート&今日のこと　2月24日

11時頃にオンコビン（抗がん剤）を投与されました。

点滴ではなく注射ですぐ入れるだけの薬です。

1週間前にも入れたのですが、そのときはマルク（骨髄穿刺（せんし）／骨髄検査）後で麻酔がかかっている間にやったので覚えていません。

今回は入れてから1時間くらいで頭部に激しい麻痺（まひ）感が出ました。今までオンコビンは何度も入れた経験がありますが、ここまで神経症状が出たのは初めてです。

やはり成人に近づくと、それだけ副作用も強く（あるいは性質を変えて）出るみたいです。

主治医の先生いわく、時間経過とともに治まっていくとのことなので、気にせずPCとかゲームをやっていました。

明日はロイナーゼ（Lアスパラギナーゼ／抗がん剤）の点滴です。ロイナーゼは血圧を測りまくったことくらいしか印象がないのですが、まあやってみないとわかりません。

今日は結構調子がいいというか、まあなんか活動する気があったのでかなり動いていました。

これから1年か2年かわかりませんが、時間だけは腐るほどあるのです。中1のときは全部受験勉強に使ったのですが、今回はそんなに勉強に固執することもないなと思うので……。

ここ数日のこと　2月27日

3日ぶりの更新でしょうか……。

とりあえず更新できないくらい調子悪かったということです。

25日は11時～15時にロイナーゼ投与、激しい吐き気でずっと動けない。

26日は相変わらず吐き気。その他の不調で夕方まで動けない。で、今日27日も、25日と同じでロイナーゼ投与です。

一連の吐き気というのは、ロイナーゼによるところもあると思いますが、多分メインの原因は、24日のオンコビンによる消化器系の不全みたいです。大量の下剤を定期的に投与して、腸を動かすことでだいぶ改善されてきたので、吐き気も多少よくなってきました。

やっぱ中1のときとはレベルが違うな……って思いますね。中1のときは、基本的に抗がん剤投与のときもゲームとか何かしらやってたからな……って嘆いても仕方ないんですが。

いつも思いますが、やるしかないってことですね。

夜更新　3月1日

こんばんは、ワイルズです。

結構コメントとかアクセスとかきてうれしいなーって思っています。

さて、今日はついに髪が抜けました。

いきなり抜けるようになるので、さっさとバサバサ抜きました。

この経験は3回目ですが、意外と爽快感があるんですよね。

小3のときは、ただ「おもすれー笑」みたいな感じで気楽に抜きました。

中1のときは、それなりのショックを受けながらも、淡々と抜きました。

今回は、なんか抜いていて泣けてきました。

多分、髪がなくなることが悲しいのではありません（どうせ治療終われば戻るので）。

じゃあなんでなんだろな……と考えていたら、多分それは過去への未練なんだろうなって思いました。

俺、中学のときは髪型とかを全然気にしていなかったんですが、高校生になったらいろいろやるぜー！　ってすごい意気込んでいたんです。で、実際勇気出して服買いに行ったり、ファッション誌読み始めたり、髪をセットしたり、とにかくいろいろやったんです（結果はともかく）。

でも少なくとも、治療中はもうそういうことできないんですよね。

体も、薬の影響ですごく膨れます。太るというより膨れます。髪もないです（髪は抜けるくせに無駄毛が抜けないのが非常に理不尽だと思う）。

まあそういう諸々のことがあった結果、悲しくなったんですかね。

あるいは過去への未練というのを、髪と泪（なみだ）という形で捨てたのかな。

でもこれ（脱毛）は重要なことです。いわばガンと闘うための覚悟を決める儀式みたいなものなんじゃないかな。

入院してから何度「覚悟を決めた」って言ったかわかりませんが、やっぱ納得できてないところはたくさんあるんです。多分無意識で。これを納得するのは、現実と向き合いながら時間をかけていくことが必要なんだと思います。

過去への未練を捨てるということは、現在の事実と向き合うということであり、それは必要です。

仮に俺がいつまでも「もし再発してなければ」とか、「なんで俺が」とかというふうに考えていたら、いつまでも過去に囚われて前には進めません。いくら自分の境遇を嘆いたところで、状況が好転するはずもないのです。ししおどしの例ではありませんが、まさしく不毛な考えです。

重要なのは過去でも未来でもなく今現在です。

過去は現在の堆積物でしかなく、何かを生み出すことはありません。

未来は不確定なので考える意味もありません。現在を繰り返していけば、やがて未来になるのですから。

だから現在を精一杯にやる。これしかありませんね。

ここまで書いて「うわっ…」と思いました。俺、いつの間にこんな長文書いたんだ？

やっぱなんかいろいろ心に溜めていることがあるみたいです。

こんな感じで、ちょくちょくここに書き込んだりするかもしれないです。

つまらなければ読み飛ばしてもかまいません。読んで何か感じてくれるものがあったら幸いです。

あと、ちょっとお願いがあります。

お友達や知人、誰でもいいので、暇があればぜひこのブログを宣伝してください。

なんというか、やっぱ長期入院は孤独なんです。

どんなささいなひと言でもすごくうれしいので……。

あー、あともうひとつ。

無事完全に復活したら、また現国の授業聞きたいな……。

俺、結構っていうか、かなりアレ楽しみにしていたんですよ。実は。

ま、そのためにも早くこの忌々しい病気を治しましょうってことで、今日はここまでで。

明日は明るい話書くんで、よろしくです。

ショックなこと　3月3日

今日、マルクがありました。

結果は正直悪かったです。芽球（ガン細胞）の減少が見られない＝今までの抗がん剤の効果が見られないという結果でした。よって、現在の寛解導入療法を中止し、来週の月曜日からアラノンジー（ネララビン／抗がん剤）という、難治性T－ＡＬＬ専用の新薬を用いた治療にシフトすることになりました。

俺のようなケースでのアラノンジーによる寛解率は18％です。正直、これで上手くいかなかったら、もう打つ手無しなんじゃないかな。

なんかいろいろあって、頭の整理がついていない状態です。夜には精神的な発作みたいのも起きました。

心の整理がつくまで、しばらくブログとかメールとかができなくなると思います。すみません。

アラノンジーは画期的な新薬ですが、リスクもかなり高く、投与した結果死ぬこともあります。

来週の月曜からなので、約1週間は抗がん剤などが無しになります。ステロイド剤もなくなるので、食事制限もそのうち解けると思います。

とにかく、今は心が落ち着くのを待つしかないみたいです。

生きる意志　3月4日

こんばんは。

昨日は相当落ち込んでいましたが、夜に精神科の先生と話したら少し楽になって、今日1日過ごしてみて、だいぶ落ち着きました。

なんというか、再発して今までずっと悪い方向のことを考えるのを避けてきていました。

だいたいガンを克服する人というのは、すごい精神力で絶対治すぞ！　という感じで悪い方向のこと（治らないとか死ぬとか）は考えない、というのが本を読んだりすると多いんですね。

だから逆に悪い方向に考えると、絶対そういう結果になってしまうという恐怖があったんです。だからとにかく「絶対治す」「失敗するはずがない」というふうに考えるようにしてきていたんですが、それが負担になっていたみたいです。

こんな状況になれば、悪い方向に考えるのはむしろ人として自然で、それは決して悪いことではないということを精神科の先生に言われました。

実際、口では絶対治るとか治すとか言っていましたが、実際のところ心の底では悪い方向ばかり考えていました。

だって、骨髄移植したにもかかわらず再々発して、従来の抗がん剤やステロイド剤も効果ないなんていったら、もうほとんど駄目じゃないですか、って感じで。パーセンテージは関係ないとか言っていたけど、やっぱ18%とか見せつけられると、ああそうなんだって思います。

こういうこと書いていると、また悲しくなって泣けてくるんですが、まあそれでいいんじゃないかと思います。自然な感情はそのまま受け入れて、それをこうして文章にしたりして吐き出すのが、心の負担をとるのにいいみたいです。

だからといって希望や、やる気を失うわけではありません。

むしろ負の感情を受け入れた上で、さらにそれを上回るくらいの意志を持ちます。

白血病で死ぬ小学生もたくさんいます。もっと小さい子もいます。貧しい国ではたくさん子供が死にます。白血病の治療法がなかった昔は、みんな死にました。

そう考えると、俺は高1まで生きたんだから、十分幸せなんじゃないか、と考えられるかもしれませんが、そんなことない。

ふざけるな、意味不明だ。人は人だ。俺は違う。16歳で人生の終わり？　ふざけるな!!　どう考えたって短すぎるだろ!!　今は白血病が治る時代だ。なのに、なぜ俺が死ななけりゃなんないんだ？　俺が何をした？　散々人の人生狂わせておいて、くそったれ。絶対白血病なんかでくたばってたまるか！　いったいなんのために今まで勉強とかがんばってきたんだよ。ああそうだ将来のためだよ！　ここで死んだらこれまで積み上げたものがまったく水の泡じゃないか！　年を重ねるにつれてやっと世界の広さが見えてきたんだよ！　やりたいことだってたくさんあるさ。それこそきっと一生かかったってできやしない量！　俺は今までそのうちのどんだけを消化したんだ？　全然できてねぇよ!!　行ったことないところ、やったことないこと、食ったことないもの、ありすぎるだろ!!　なんでその可能性をこんなに早く断ち切られなきゃいけないんだよ!!

ふざけんな!!　俺は絶対死なない。死んでたまるか!!　たとえ身体がどうにかなったって、絶対生きてやる!!　そしてやりたいことやって人生全うすんだよ!!　白血病なんていうくだらないもので、リタイアなんて絶対認めねえ!!　治したあかつきには勉強しまくってしまくって俺を散々苦しめた白血病を解き明かして復讐（ふくしゅう）してやる!!　俺はワイルズだ。このくそったれな病気と人類の闘いにケリつけてやる!!　そうさ、俺にしかできない。俺がやるしかないんだよ!!　だから絶対俺が死ぬわけない！　絶対！　俺は生き残って白血病をぶっ潰して！　人生を楽しむんだよおおお！！！！

ようやく、本心が出せるようになってきました。

多分それは、死の可能性という現実と向き合うようになったから。

死ぬ可能性を十分理解した上で生き残る意志を得たから。

きれいごとだけの、偽りの生きる意志ではなく、現実としての生きる意志。
俺は、早ければ来週にも死ぬかもしれません。
来週生き延びても、治療が上手くいかなくて最終的に死ぬかもしれません。
その可能性は決して低くなく、むしろ生き残る可能性より大きいです。
でも、俺は絶対生き残ります。

思うこと　3月6日

こんばんは。
今日は特に何もなく、プラモ作ったり独習Cをやったりしていました。
ちなみにサイレントヒル0はおとといあたりにクリアしました。
先生や友達から励ましのメールがたくさんきます。
読むたびに力が湧きます。
なんか、当たり前かもしれないけど、やっぱり仲間っていいなって思います。
ひとりじゃ闘えなくても、支えてくれる人がいると闘えるんだなって実感します。
本当にありがたいことです。支えてくれる人のためにも絶対白血病を治します。
短いですが、今日はここまでです。

俺の命について　3月8日

俺の命は俺ひとりのものではない。
友達や先生や家族のものでもある。
だから俺は死んではいけない。
勝手に死ぬことは許されない。
俺が白血病を治すのは、俺ひとりのためではない。
俺は周りの人のために白血病を治し、生きなければならない。
これは権利ではなく義務である。
なんか最近すごくやる気が出ています。

今日のこと　3月8日

今日は、コンピュータ愛好会のメンバーがお見舞いに来てくれました。
会うのはスキー教室以来だから、1カ月以上ぶりでした。
全然変わってなくて安心しました。久しぶりに会って話して、とても楽しかったです。
とても元気をもらいました。
いろいろとお見舞いの品も持ってきてくれて、しばらく暇に困ることはなさそうです。

その後、担任の先生もお見舞いに来ました。

こちらも相変わらずでホッとしました。

クラスで作ってくれた千羽鶴を持ってきてくれて、もう感激です。

本当にありがたいです。

明日から治療が始まりますが、今日もらった元気でがんばりたいと思います。

治療開始!!　3月9日

今日からアラノンジーによる治療が始まりました。

11時から14時半まで点滴をしました。

神経性の副作用で、意識が遠のく感じとすごい眠気がしましたが、そんなにキツいものではありませんでした。これでとりあえず1回目が終了で、明日は休み。11日、13日にまた入れます。

インターネットの薬のページとか主治医に貸してもらったマニュアルを読むと、まあよくわかりませんがとにかくすごい薬らしいです。

前にお見舞いに来てくれた大叔父さん（奇遇？　にも白血病研究の権威）が白血病に関する最新の論文を大量に持ってきてくれたときに（英語だから見せられてもほと

んどわからなかったのですが）薬が効くしくみを説明してくれたので、多少は理屈としてわかります。

この薬はヒトの遺伝子構造をちょっといじくった、いわゆる遺伝子のコンピュータウイルスみたいなもので、これを体に入れるとガン細胞の遺伝子が変に書き換えられて結果的に自爆するとか。まあ、そんな感じらしいです。

T・B先生ならなんかわかるのかな？　これは化学の範囲なのか、生物の範囲なのかよくわかりませんが……。

にしてもAra-G（アラノンジーが体内に入って変換されたあとの名称）ってなんか滅茶苦茶強そうな名前な気がします。

抗がん剤で他にAra-C（キロサイド）というのもあるんですが、CよりGのほうが遥かに強そうです。

GというとG-VirusとかGUNDAMとかMHGとかその他諸々……。

まあそういうわけで、これで忌々しい白血病細胞も自爆してくれるでしょう。

思いのほか副作用が軽いので助かりました。まあ油断はできませんが、がんばります。

今日のこと　3月10日

今日は午後に担任の先生とクラスの議長がお見舞いに来てくれました。クラスのみんなが作ってくれた色紙と、先生が今までのイベントで撮った写真のなかで俺が写ってるのを持ってきてくれました。

色紙感激です。本当に感謝です。病室の壁がどんどん賑（にぎ）やかになっていきます。

結構長い時間、学校のことなどを話しました。楽しかったです。

普段は頼りないT・B先生ですが、やっぱやるときはやりますね。

学校に復帰する際、正直俺はもう機械ではなく、化学に進みたいと思っていたので、それについて聞いてみたのですが、分野変更はできないとのことでした。

ですが、やはりどの分野に進んでも、そこで学んだことは必ず役に立つ（むしろ他分野を学んでいると広範囲な視野で物が見られて有利）とのことでした。

言われてみれば、ああそうだなと納得しました。また、過去2例、機械から生命理工に選抜で行ったケースがあるらしいので、やはり復帰したらまずは機械（というかまあ全部）をがんばろうと思いました。

まあそんな感じの今日でした。

それでは今日はここまでで。

ここ数日のこと　3月14日

結構更新をさぼっていました。というか具合悪くて更新できませんでした。

11日、13日にアラノンジーを投与しました。

基本的に、投与開始2時間で神経症状が限界に達して眠る→起きると頭痛と吐き気→次の日は頭痛、というパターンが確立されました。

まあそれも昨日でとりあえず終わり。来週1週間は何もなしなので一段落です。

今後の予定は、再来週にマルクを行い、薬の効果を見てその後の予定を決めます。

アラノンジーが効いていれば、また今回と同じように隔日投与→1週間休薬のサイクルを繰り返して行い、効いていなければ急性骨髄性白血病の治療（さらに強力な化学療法）にシフトするとのことでした。

まあ十中八九アラノンジーは効いているはずなので、前者で行くはずです。

実際効いていると言えるのは、リンパ節の痛みが3回の投与のあとに消えたからです。

昨日、地元の幼馴染みのグループから千羽鶴をもらいました。ありがたい。

なので今、病室には１７００羽の鶴が飾られています。

なんか俺、生存フラグ立ちすぎじゃね？　ってくらいいろいろあります。

いや本当、感謝です。

引越し　3月19日

今日は部屋が替わりました。

今までは普通の個室だったんですが、今日からは無菌室という骨髄移植をするための特殊な個室に入りました。まだ骨髄移植をするわけではないのですが、滅茶苦茶静かなので……（というかそれが病院の本来あるべき姿だと思うが、小児病棟なら仕方ないのか）。

ホントいかつい部屋です。骨髄移植をするときは免疫機能が0になる＝どんなに些細な細菌感染でも死に至る危険があるため、空調とかフル稼働すると完全に滅菌された状態になる部屋なので、いろいろとすごいんです。二重構造で監視カメラとかもついています（容態が相当やばいときしか稼動しませんが）。

この無菌室は3年前に入院したときにも入っていた部屋で、骨髄移植のときもここでした。

なんか変な気分ですね……ホントおかしい。気持ち悪いくらいに何もかも変わっていないので……。

3年間、全然ここのことなんか思い出したりしなかったのに、いざもう一度入るとみるみるうちに当時の記憶が蘇るんですね。

確かに3年前ここに俺がいて、なんか死にかけたりして、でもう二度と来ることもないな、とか思いながら出ていったんですよね……。

ああ、なんかホントおかしいわ。変わったのは俺だけなんですよね。いや、これから変えるのか。

頭痛は全然よくならないのですが、まあもう開き直って活動しています。

痛みをなくせないなら、痛みに耐えられればいいみたいな……。

うはーーー！　3月23日

家に帰れることになりました。

やべぇ。

（数分後）

沈静しました。

えーと、経緯を説明すると、

10時頃、主治医の先生が採血結果を持ってくる。

←骨髄抑制（最初に入れた抗がん剤によって、造血機能が抑制される）が解けてきている し、水曜日の採血まで特にやることないから帰っていいよ。

←

バンザーーーイ

入院したのが2月10日で、今日は3月23日だから、1カ月半ぶり。

マジやばいっす。

とりあえず家帰ったらバイオハザード5やります。

あと猫触りまくりです。

23日&外泊報告　3月25日

調子こいてワイヤレスLANの設定ツールをアンインストールしたせいで、ネットできなかったWilesです。まあやるつもりもなかったんですが……。

23日のことから。

午後に旧1年B組（ああ……）のH氏とK氏が面会に来て、VISION（カードゲーム）やりまくりました。

現実での対戦はスキー教室以来。マジテンションがやばかったです。

病棟に同年代の子がいれば無理やりにでもやらせるんですが……。

この病棟はもう終わってるんで。年齢層的に。

平均変化率的に考えて3年後には新生児病棟になってんじゃゃね？

まあとにかく超楽しかったです。

何やら最終的に1年B組から機械の方向に行く生徒は少なかったらしいのですが、どうなんでしょう。

やっぱ1回家に帰ってから病院に戻ってくると、ここは俺のいるべき場所ではないってつくづく思いますね。

良いニュースと悪いニュース　3月25日

良いニュースと悪いニュースが入ったのでお知らせします。

良いニュースは今日の血液検査の結果、寛解に入った可能性が高いとのこと。

おそらく月曜日に最終的な検査が行われます。

悪いニュースは、病院追い出された……。

原因はまあ医者不足とか部屋不足とかですね。

転院について　3月26日

転院先はJ大かB大になりそうです。

確定したらまたお知らせします。

って記事書いてるときにどっちも駄目という知らせが……。埼玉県内は全滅です。

え？　これ本格的にやばくね？　野垂れ死に？

んー、昨日あのあと、いろいろ考えてみたんですが、正直誰も悪くない類いの問題なんだよね、これは……。

医者不足というのは結局、その世代の人間がどれだけ臨床医という道を選ぶかっていう、ただの確率論だし……。ニュースの特集とかでモンスターペイシェント？　みたいのが増えているとも言っていたので、そういう要因もあるのかもしれませんが。

正直、昨日はイベント施設を造る金あったら医療に回せって思っていたんですが、多分自分がこういう状況に置かれなければそんなことは考えないだろうし、第一すでにそれらの娯楽施設の恩恵を享受した身でそんなこと言ってもしょうがないっていうことです。

まあ、社会問題の話はこれくらいにして、自分の状況の話に移ります。

とりあえずここらがひとつの節目だと思うので、これまでの経緯とこれからの予定を簡単に書きます。

3月9日から、アラノンジーによる治療を行い、3月25日の血液検査で寛解に入った可能性が高いとのことで、3月27日にもう一度採血を行い、その結果次第で骨髄検査を行い最終的な判断が下されます。

寛解導入が確認でき次第、維持強化療法を行い、最終的には骨髄移植を行います。維持強化療法は抗がん剤の量が多く非常に辛い。正直どれも変わんねーよと思いますが、でもできるだけ良い環境で行うことが望ましいです。

ところが今の病院だと、はっきり言ってしまうと俺にとっては最悪に近い環境です。ベビーベッドが並んでいる部屋に放り込まれるっていうんだぜ？　これは子供嫌いとか関係なく発狂するわ。

でまあ最良に近い環境だったのがJ大だったんですが……。

もうなんつーかこれは運ですね。

明日から……　3月30日

久しぶりの更新です。

結局、先週1週間はほとんど家で過ごしていました。

主にバイオ5をやったり録画したガンダム00を見たり、またバイオ5をやったりしていました。

まったりと家で過ごしていましたが、今日病院に戻ってきました。

骨髄検査の結果。芽球が30％程度と寛解には入っていなかったのですが、アラノンジーは効いているようです。明日から再びアラノンジーを含む治療が開始されます。

なんか毎回外泊から帰ったあとというのはこうなんですが、嫌だなぁって思いますね。

いくら覚悟を決めているとはいっても、やっぱ人間ですから、逃げ出したくもなるものです。

けどやるしかないってことですね。逃げるのは簡単だけどその先に未来はないんで。以前俺は乳児や幼児は何も考えなくて楽だ、というようなことを言っていた気がしますが、今になって思うと、むしろしっかりした考えを持つことができる中高生くらいのほうが、難病になる意義は大きいのかもしれません。

もちろんこれは俺の個人的な想像で、実際は全然違う方もいらっしゃると思いますが……。

乳児や幼児にとって難病の治療は確かに過酷だろうと思います。もっとも、負担は年齢が低いほど小さいらしいですが、大人でさえ辛いものです。そして難病を治せば、中高生になる頃には、普通の子と同じように生活できるようになっているのでしょう。

前の俺は、「実際苦しんでいた時代のことはほとんど忘れていて、そうでなくてもそれからの楽しい記憶に埋もれていくから、実質闘病なんてなかったのと同じことだ」というふうに妬んでいたわけですが、よく考えたらそれは闘病から何も得ていないことと同義だと気づきました。

苦しみを忘れることは幸せに思えますが、その苦しみから何かを得られなければ苦しんだ意味がないんじゃないかなと……。

治療　3月31日

今日から始まりました。

これ書いているのは、エトポシド（抗がん剤）を入れている最中なんですが、もうすでに吐き気がひどいです。

さらに今日はエンドキサン（抗がん剤）とアラノンジーも入って、同じことを土曜日まで毎日繰り返すとか。マジ半端ないです。

ああホントやばいわ。もう耐えるしかないね。

学校始まってますねー　4月8日

学校もいよいよ始まったようですね。

ホント2年生は楽しそうです。うらやましいです。

これはもう今年度中の復帰を目指すしかないな、と思い始めました。

実際できるのかどうかはまだわかりませんが、まあ可能性は0ではないはずなので。

気持ち次第でなんとかなることもあるんじゃね？　ってことです。

今の2年生で修学旅行に行けたらもう最高ですね。

機械の製図の練習ノート？　みたいのが届きました。

教科書は宅配便で送ったので、今日自宅に着きます。

なんというか、夢が広がる。あ、でも最終志望は医学ですよ。

正直、学校に戻るときに、学習面的に専門科目が一番ネックになりそうな部分ですが、まあなんとかなるだろってことで。

死が恐れる対象になる理由　4月11日

最近（というか今日からですが）ほかの白血病の方の闘病記をネットで読むようになりました。

そのなかでひとつショックな出来事があって、それをきっかけにちょっと思ったことがあるので書きます。

長いです。なんだこれってくらい長いです。自己満足で書いてるので勘弁してください。

ある方の闘病記を飛ばし読みしていました。

書いてあることは、俺もほとんど経験したことがあることなので「あるある」と懐かしく思ったりしながら読み進めていきました。

治療は順調に進んでいるようで（というか俺もそうだったんですが）、どんどん快方に向かっていっています。

このあたりから、人の醜い一面でしょうか、ある種の嫉妬から読むのが嫌になってきたので、退院したあたりで読むのをやめてしまいました。どうせあとに書かれているのは治療後の症状が治まっていく経過だろうと……。

で、その闘病記にリンクした別の闘病記を読んでいると、衝撃的な事実が……。

最初の闘病記を書いていた方が亡くなった、と……。

はァ!?　と思ってすぐにさっきの闘病記に戻って、日記の最後のページを見ると、家族の方が書いたその方の死亡を伝える記事がありました。

いや、ない。これはねーだろと……。

最後から逆順に読んでいくと、再々発して治療続行不能となってからの日記が書いてありました。

治療不能になっても、死ぬまでは時間に猶予があるので、患者はそれまで自由に過ごすというのがセオリーです。

よって死という結末を迎える闘病記の最後のほうは楽しい、幸せだという感じで終わります。

その人も最後は旅行に行ったり、やりたいことをやったりで幸せそうでした。

いや、ねーよ。それはない。なぜかこのとき直感的に思いました。

もちろん、やるだけやって亡くなっていった方たちは、最後の時間幸せだったに違いないと思うし、それに対して俺がどうこう言えるものではないです。けれど俺は、正直、それは幸せじゃないと思わずにはいられないのです。

そこでなぜ俺はそう思うのだろう、と考えてみました。

人は常に大量の願望のなかから、実現するものを取捨選択していくわけですが、仮にその時点で「捨てた」としても、その願望というのが無効になることはなく、生きている限り、実現できる可能性は存在し続けるわけです。

ところが死んでしまうとなると話は別で、あらゆる可能性は完全に失われます。このことは当たり前のことなんですが、このことを俺が本当の意味で理解したのは、つい最近の気がします。

正直、俺はいやです。可能性を失うくらいなら、願望が実現しないほうがましです。仮にある時点でどんなに願望が実現せず、楽しくないとしても、可能性があるならそれでいいと思います。逆にどんなに満たされた状態でも、可能性を失っていればそれはなんというか……絶望的ではないのか。

そう、つまり人生において何より重要なのは「可能性」なのです。ぽしびりてぃーなのです。

死は人生からあらゆる可能性を奪うから、恐れる対象になるんじゃないだろうか。そういう意味ではまだ俺はさまざまな可能性（治療にもそのほかにも）があるので、まあそう悲観視する必要はないな、と。

そして、ふざけんな、可能性を奪われてたまるか、と思ったのでしたという、ただそれだけの話でした。

ここ1週間の報告的な何か　4月19日

先週の日曜日あたりから消化器系が不調になって、ほぼ1週間絶食でダウンしていました。

なので先週はほとんど寝るか東方人形劇（ゲーム）やるかでPCは1回も開けていませんでした。

終盤くらいから、まあ食べられるようになってきて、白血球数も上がったので土曜日の夜に家に帰ってきました。

今週も採血結果次第でずっと家にいると思います。

やっぱ家はいいです。

まあ家でなくても病院でなければどこでもいいんですが、やっぱり家がベストだと思います。

スキー教室のときから時間が止まっている部屋にいると、奇妙な感覚です。

ということで状態は比較的良いのですが、なんか気力が出ません。

頭にもやがかかったような感じです。

今さらながらなんでこんなことになってしまったのだろうか……とか思ったりします。

1回目、2回目は試練という言葉で片付けられるのですが、3回目ってなんなんだ……って感じです。

そしてはたしてこの闘いに終わりはあるのか……3回目で終わるのか、と妙にネガティブになりがちです。

崩れてしまった城を今必死に再建しているけど、実はそれも砂の上の話ではないのかってね。

まあそんなこと言っていたら、何もできなくなるわけで、結局は前に進むしかないんですが……。

その進んでいる道すら、円環になっているのではないかと不安になったりするのです。

来週の骨髄検査の結果で、寛解に入っていればだいぶ気力も戻る気がします。

入ってなかったら……どうなるか想像つきません。まあ、あと1回くらいは大丈夫だと思います。

今後の予定について　5月1日

今日は昨日の骨髄検査の結果をふまえて、これからの予定についての説明会がありました。

とりあえず、骨髄検査の結果は寛解に入っていました。

それで、今後の予定としては、7日に病院に戻り、もう1回先月と同じ治療を行い、6月に移植を行うそうです。

順調じゃないか、と思われるかもしれませんが……、実際俺も途中まではそう思っていたのですが……、移植のリスクは極めて高いそうです。というのは今回が2回目の移植で、1回目のときのダメージがあるとかで……、とにかくリスクが高い、高い。最高に「ハイ！」ってやつだアアアアア！

提示された数字は、移植を乗り越える確率が『10％』、かつ再発しない確率が『50％』、そのどちらかでつまずけば死……。

なんというか……相当ショックな話でした。

今まで俺は、自分が死ぬというのは、根拠はないけれど実際にはありえないことだろうと思っていたし、仮にあるとしても相当先のことだと思っていたんだが……。ハッキリ言って6月、7月で死亡！　する確率が極めて高いと……。

実際そう宣告されると、途端に自分が挑もうとしているものが途方もなくやばいものだということがじわじわとわかってきて、恐ろしい！

まあ、7日まで約1週間、いろいろ考えます。

とにかく覚悟を決めないとならないので。

今日のこと　5月2日

今日は病院仲間のH君が来て、いろいろしゃべったりして面白かったです。

最初の入院のときの話題が出てたんですが、やっぱあのときは楽しかったな……。

とりあえずひとつ！　だけ『確実に言えること』があるので言っておきます。それは、『この6月の移植が最後の闘いになる』！

これだけは、なぜかわからないが確実にそうだと言える！

もっとも次くらいに恐れるべき事態として、科学的には『仮に移植を乗り越えてもそのあとに再発してしまう』という可能性が存在するが、それだけはありえない！それだけは決してない、これだけは確信できる！　理由は自分でもわからないが、これだけは『わかる』から仕方ない。

つまり、今回の移植を乗り越えさえすれば、『完全な病気との決別』を得られると俺は確信している！　ただしその分リスクも高いということも認めている！　失敗＝『死』だが、８年間も苦しめられてきた病気と『決別』することを考えれば、妥当なリスクだと考えている！　むしろ、生半可なリスクの下で危機を乗り越えたところで、得られるものは大して大きくはないのではないだろうか！

そう考えれば今回の『危機』は、俺にとって最大の『チャンス』だとさえ言える！　問題はいくらハイリターンとはいえ、そのリスクは計り知れないという部分なわけだが、これも『いける』と思われる！

前回の移植のときも、生と死の境目をさまよったことがあった。そのときは意識をなくしていたので俺は全く覚えていないのだが……。覚えていなくても必ずそのとき、俺は『何かを体験していた』はずだと今は思う。『夢』は見ている間は鮮明なのに、目覚めてしまうとあっという間に記憶から消えてしまうのと同じだったのだと思う。

つまり意識がなくなってからが本当の勝負であり、俺は確実に自分の意志で『何か』をすることになるのだろうと思う。

抽象的かつ非科学的な話だが、実際に『生と死の境目』に立ってみて働く『カン』のようなものがあるのだ。おそらく意識を失ったあと、俺はどういう形であれ病気と『闘う』ことになる、つまりこの闘いの勝敗は『神頼み』ではなく、『自分次第』だということだ！

つまり、生きるも死ぬも自分次第。そしてもちろん俺は死ぬことなど選ぶわけがない。結果は『勝利』であり『決別』となる、これが未来！　これが真実！

なんか書いているうちに、テンションが最高に「ハイ！」ってやつだアアアアアハハハハハーッ！　となってしまいましたが、まあそういうわけで多分立ち直ったと思われるので、報告しておきます。

外泊も明日で終わり　5月5日

外泊も明日が最終日です。

明後日病院に戻り、明々後日からまた治療開始です。

おとといは地元の友人2人が来て、今日は病院時代の友達の一家が遊びに来ました。

治癒したらバンドやりたいぜ。

ンッン～、家にいてもほんとやることがないな。

中1のときは病院ではネットがつながらなかったので、家に帰れたときは睡魔で倒れるまでネットサーフィンをしていたんですが……。

病院戻ったら……まあキーボード三昧だろうな。

曲がッ！　弾けるまで！　練習するのをやめないッ！

練習日記的なものでもやろうかな……気が向いたら。

勉強は正直今はやれるわけない。命の瀬戸際で勉強って流石にそれはない。

2日目　5月9日

昨日から前回と同じ治療（エトポシド・エンドキサン・アラノンジー）が始まりました。

昨日は具合が相当悪かったのですが、今日は少しマシになりました。

治療中はずっと寝ています。前回の経験から寝ていれば、副作用はほとんどないと思っていたんですが……。意外とありました。

今日体重量ったら56kgでした。全盛期からマイナス10kg……だと……？

筋肉が恐ろしく減ったので当然といえば当然なんですが……。

あー、部屋に誰も入ってこなければいいのに。

5日目　5月12日

今回の治療は今日で終わりました。

あとは結果が動くのを見るだけです。

ホント、部屋におばさんが入ってくるのは我慢ならない。

これは俺がおかしいんじゃないだろ、常識的に考えて。つーか、普通は部屋に誰か入ってくること自体いやだろ。なんつーかこう、常時鍵のついてないトイレに入ってる気分よ。

このWilesが最も嫌いなことのひとつは自分が作業しているときに干渉を入れられることだ……。

あー駄目だ。人の一挙一動がいちいち気に障る……。

最終説明会　5月18日

ここ最近は吐き気とだるさがひどくて寝たきりでした。

15日の金曜日に移植に関する説明会があり、詳細な方法についての説明を家族で受けました。

簡単にまとめると、

・母親からの末梢血幹細胞による同種造血幹細胞移植、ＲＩＳＴ（ミニ移植）

・ＮＫ細胞によるＧＶＬ効果を期待

・アラノンジーを使用

・成功率10％弱

たまたま今仮説として上がっているＮＫ細胞（ナチュラルキラー細胞）によるＧＶ

L効果（ドナーのリンパ球が白血病細胞を攻撃する現象）というものが発現しうる関係に母が適合していたことと、使おうとしていた臍帯血が破損していたことから、ドナーは母親となりました。ちなみに臍帯血とは、へその緒と胎盤の中に含まれる血のことで、血を造る細胞がたくさん入っていることから、白血病の治療に使われています。

ただこのＧＶＬ効果はあくまで仮説なので、過度な期待はしないほうがいいと思います。

また、今回アラノンジーが非常に効果があったため、移植の前処置でも使うことになりました。この組み合わせは今まで１例もないそうです。

最終的な成功率10％というのは、『完治』する（二度と再発しない）かどうかの確率であり、実際のところはもっと低いでしょうが、前例がなく計り知れないのでこのくらいだろうという感じみたいです。

率直な感想としては、やはり期待しないほうがいいといっても、ＧＶＬとアラノンジーに期待せざるをえないですね……。

ＧＶＬに関しては「すごく効果があった」という報告もあれば「全然効果がなかった」という報告もあるという、まさにカオスな状態のようですが、俺は結構新しいモノ好きなんでね。

アラノンジーはもうホント救世主としか言いようのない薬なので、最後までやってくれると思いますよ。この薬がなかったら実際今もう生きてないかもしれないからね。

それと前例が1件もないというのは、むしろいいんじゃないかな。良くも悪くも可能性としてはあらゆるパターンが考えられるから。

成功率10％弱というのが、かなり希望的に聞こえるようになってきた俺は、末期なのだろうか。正直1％とか言われると思ってたんで。

それにこの数字に未知の効果が加わるかもしれないんだから、結構いいほうだと思うのですよ。

うーん、なんかこれはいける気がするぞ。ブラボー……おお、ブラボー！

日程に関してですが、おそらく15日か22日くらいに移植になる感じです。だからその1週間前くらいから無菌管理ですかね。

中1のときの移植に関して、無菌管理前後の記憶が非常に曖昧な理由がやっとわかった気がします。

実際無菌室に入ったり、病棟の空気を吸っていると、思い出すんですよ……あの地獄を……。あんな記憶を持ち続けていたら、マトモな人生を歩めるはずがねェーッ！あの記憶を抹消したのは、生物として当然の働きだった……。

まあ結局、今回もその地獄に突っ込むわけですが……。ああ、憂鬱だ。こればっかりは覚悟だの何だのでどうにかなる問題じゃないんだぜェーッ！　耐えるしかねぇ。ただひたすら時計の秒針が回るのを見ながら耐えるしかないんだぜーッ。

初回はまだ良かったんですがね……。何が起こるかわからなかったから……。けど今回は知ってしまっている！　何が起こるかわかってしまっているんだ……。それが最高に憂鬱だあァーッ！

まあいくら泣こうがわめこうが、結局来ちゃうことなんで、腹をくるというか……。できる限り考えないようにするとか……しますよ。

逆に考えれば、これが最後の治療なわけですからね。

骨髄移植について　5月23日

あ、ありのまま今起こったことを話すぜ！

『俺は朝起きてPCの電源を入れたと思ったら消灯時間になっていた』

な、何を言っているのかわからねーと思うが、俺も何をされたのかわからなかった……。

頭がどうにかなりそうだった……。2ちゃんだとか脱出ゲームだとか、そんなチャチなもんじゃあ、断じてねえ。

もっと恐ろしいものの片鱗（へんりん）を味わったぜ……。

というわけでWILESは負のサイクルに陥ってしまったようです。
妖々夢（ゲーム）やろうかなー↓コントローラ出すのめんどくせぇ……。
このままじゃあいけねー。明日は本気出す。
今後の予定が決まってきたので報告します。

来週：母、末梢血採取のため入院&採取、移植前検査いろいろ（MRI・心電図・眼科・歯科など）。
5月29~31日：外泊（移植前最後）。
6月1日：入院。早ければ8日から、遅ければ15日あたりから前処置開始（無菌管理開始）。
7月の上旬頃に生着予定。でき次第、通常個室へ移動。

それと、今さらですが骨髄移植の簡単な説明。
『無菌管理』＝無菌室（今いる部屋だけど）に閉じ込められる。ひと通り終わるまで出るどころか部屋のなかですら動ける範囲が限られる。
↓
『前処置』で骨髄を含めてがん細胞を徹底的に破壊。

←移植（移植前をDay−3、Day−2、Day−1……、移植日をDay0と表現し、そこから
Day1、Day2……と進んでいく）。
←前処置で白血球が０になるため、粘膜とかいろいろやられて俺涙目状態。
←しばらくして、ドナーの造血細胞が生着して働きだすと症状は収まるはずだが、今
度は『急性ＧＶＨＤ』（graft versus host disease／移植片対宿主病）＝ドナーの
白血球がホストの体を敵とみなして攻撃する症状が始まって、結局、俺涙目状態
（ただし無菌管理はここで終わる）。
←急性ＧＶＨＤが収まるのを待つ、安定したら退院。

とまあ、簡単に言うとこんな感じです。
実際俺は、専門家どころかただの高校生なんで、これくらいしか知らないんですが。
とにかく、前処置によって免疫力が完全に「０」になってしまうので、感染症とか
きたら一発でアウトです。だから徹底的に無菌管理を行うのが大切なわけで、万一に

も風邪とか持ち込まないためにも移植前1～2週間は入院が必要なのです。だから今回の外泊は短いわけです。

前処置から生着まで約1カ月、無菌室に閉じ込められるわけですが、まあ現実的に考えて一番問題なのはトイレなわけです。

飯とトイレが同じ場所というのもかなりクレイジーですが、水洗トイレじゃなくてバケツにやれってのは、クレイジーを通り越して拷問だぜーッ。

さらに生着までの粘膜障害で腸がやられたあかつきには、大人用オムツときたもんだ。そーいうのはアブノーマルなジャンルのエロゲーででもやってろっちゅーの。

まあ実際その時期になると、そんなことが気にならないくらい苦しんでる（というか意識があるかないか……）のであんまり関係ないんですが……。

ホント無菌室にトイレつけてくれ県知事ーッて話ですよ。

まあそういうわけで、最後にして最大の山場が間近に迫ってきているわけです。

その前の外泊が2泊3日というのは……。仕方ないがなかなかキツいぜ……。

逆に考えるんだ。「次の外泊は永久外泊」と考えるんだ。

ンッン～～♪　実に！　スガスガしい気分だッ！

歌でもひとつ歌いたいようなイイ気分だ～～。フフフフハハハハ。

ちなみに、骨髄移植というと、手術室で切ったり貼ったりするみたいですが、実際は点滴で血みたいのをポタポタ入れるだけです。

近況報告　5月23日

最近あまりまともに近況報告を書いてなかった気がするので。

1日の過ごし方は主にネットか漫画です。寝て漫画読んでネットやって漫画読んで食べて寝る、です。楽しくもなんともない生活です。

VIP（掲示板）とかで学校行きたくないとか言ってる奴と代わってあげたい。これだったら1日中学校のトイレ掃除でもやってるほうが100倍面白い。

ただしYouTubeの猫動画が心のスキマを埋めるから困らない。

学問は一切やっていません。2年になってからずっと。

体調面では、もうここ最近は全く問題ありません。

「体調が良い」「検査値が良い」両方満たさなきゃあ外泊できないってのが、白血病の辛いところだな。

移植前処置の日程　6月10日

前処置の日程です。

6月19日（Day−10）～6月24日（Day−5）：フルダラビン（抗がん剤）、アラノン

ジー
6月25日（Day−4）～6月26日（Day−3）：サイモグロブリン（免疫抑制剤）
6月27日（Day−2）～6月28日（Day−1）：メルファラン（抗がん剤）
6月29日（Day0）：ＴＢＩ（全身照射）、骨髄移植
地獄の11日間ってやつです。
移植が終わっても1カ月くらいは更なる地獄を見るわけですが……。

良い日　6月10日

今日は脊髄検査と髄注（薬を脊髄腔に注入する治療）があり、結果は特に問題なしでした。髄注の副作用もないです。

そして、ディ・モールト（非常に）良いニュースをひとつ。

今日初めて病棟唯一の男性の看護師さん（Ｋさん）が担当になりました。

若くて明るい人で、そして何より話が合う。ジャンプからジョジョからガンダムからモンスターハンターまでなんでもござれで。すげー話しやすいです。

つーか何より、普通に話ができる人っていう存在が貴重すぎます。今まで普通に会話できてたのって、親か主治医の先生くらいだったんで。

なんというか、まったく未知の外国で途方に暮れているところ昔の友人に偶然会っ

たような、そんな感覚なんだなあ～～。真っ暗だった病院生活にわずかな光明が差したっていうんですかああ～～。

まあそんな感じでした。

完全にダウン　6月12日

昨日の夕方あたりから頭痛と吐き気がひどくなってきて、完全にダウンしていました。

頭痛がする。は…吐き気もだ…くっ…ぐう。

今もまだ続いています。髄注のせいと思われます。

今日は放射線科で体の長さを測ったりしてきたんですが、アレですね……やっぱり場所とかっていうのは、失われた記憶を呼び起こすっていうんですかああ～～。

「リニアック室」っていう、人体に放射線を浴びせるための恐ろしい「部屋」があるんですが、その「部屋」に入った瞬間、3年前の記憶が湯水のように湧き出したんですよおお～～。いかつい放射線照射装置ィィィ！　に貼られた子供向けのシールとか、電気を落とすと鳴るジジジジジジっていう気分の悪くなる音とかがもうね。なんつーんですか、まるで3年前に戻ったような錯覚を起こさせるんですよおお～～～。

すっかり忘れたと思っていたんですが、覚えてるもんですね。

まあ今回の照射は、弱いのを1回（それが良いとは言えませんが）なので、害はたいしたことはないと思いますが、嫌なもんですね。もう二度と体験したくないものです。

昨日のこと　6月14日

昨日は夜にＰＣ愛好会名誉顧問Ｏ氏がお見舞いにいらっしゃいました。会うのは春休み以来でしたが、全然変わっていませんでした。相当苦労なされているようですが……。

いろいろと話して気づいたら10時半になっていたという、実に楽しい時間を過ごさせてもらいました。

いやー……、いろいろあるもんですね……。

Ｏ氏より愛好会関係で俺の写ってる写真をまとめてもらったんですが、意外と多い。ＰＣ室とか写っているんですが、なんというか、いまだに最後にここに入ったのが5カ月以上前だってことが信じられないです。というか、実際俺の高校関係の時間は、多分スキー教室から帰ってきた時点で止まっているので。

退院したあと、個人的に猪苗代（いなわしろ）に旅行に行こうと思っているのは、時計を動かす儀式とでもいうんですかね。何らかの形をとらないと、戻れそうにないので。

まあその前にリハビリで、とりあえずは「走る」（いや、多分その頃は「歩く」か）という動作ができるくらいになるのが先なんですが。

さて、明日は移植の説明会で、明々後日からはもう無菌管理が始まるわけで、いよいよ間近に迫ったわけです。

なので、そろそろ真面目な記事でも書いとこうかなと思います。

自殺について　6月16日

正直日常生活で書くことがないので、予告していたとおり久々に真面目な記事でも書きます。

「自殺」は是か非かという命題について、俺の「感想」を述べさせてもらいます。

まあひと言で言ってしまうと、論外ですね。「非」以外に何と答えればいいのか、って感じです。

もちろんこの問題に関しては、いろいろと主張が出てくると思いますが、先に言っておくと、俺が自殺を否定する理由は「論理」ではなく「感情」です。「自殺はムカつくから悪」というただの感情なので、いくら論理で反論されても困ります。

どんな事情があろうと、命を捨てるというのは吐き気をもよおす行為です。議論の余地なくして「悪」です。

たとえばニュースとかで「中高生がいじめが原因で自殺」「キャーかわいそう」なんてものが流れると、実に気分が悪いわけです。俺からすればそんなヤツに同情の余地はありません。どんな経緯を辿っていようと、「自殺をした」時点で「悪」です。ニュースで報道するなら「これこれこういったことから自殺した、どうしようもないダメ人間の◯◯ざまぁ」くらいが丁度いいんじゃないですか。

死者への冒瀆？ 「死者」っていうのは「最後まで生きようとした結果死んだ人間」のことをいうのであって、自殺した人間を含むとは思いませんがね。

また、「自殺未遂」や「自殺するする」人間もダメです。こっちはもっとタチが悪いです。一度決めたんなら最後までやってくださいよって感じですか。もし目の前にビルから飛び降りようとする人がいたら、説得なんかしないで背中を押します。冗談でも殺したいほどムカつくんですよ。

まあこれで俺がどれだけ自殺を嫌っているかっていうのがわかってもらえたと思うんですが、理由は言うまでもないですか。

入院している病院の特性上、多分普通の人の数倍は「生きたいのに生きられない人」を見てきたので（というか今回はあと一歩で俺自身そうなるところだったので）、「生きられるのに生きない人」っていうのがどうしても許せないんですよ。苛立ちがいつの間にか憎しみになっていたんですかね。

「自分は不幸だ」という理由で自殺する人っていますが、まず自殺する命がある時点で幸福だってことに気づくべきじゃないんでしょうか。

なんというか、これはいろいろと問題になりそうな記事ですが、あくまで俺の個人的な「感想」であって、別に「意見」でもなんでもないので、そこのところはよろしくお願いします。

BEFORE　6月17日

まあ結局、やるしかないんで、もう覚悟を決めるしかないですね。

明日から、無菌管理です。生着までの約1カ月。

とにかく、これが最後の山場なので。

今までの治療がAMATEUR MODEに思えるくらいPROFESSIONAL MODEですが、とにかくこれさえ乗り越えればやったッ！　第三部完ッ！　なので。

時計の針はどれほど遅く感じても、止まることは決してないので、もう……ひたすら耐えるしかないっていう。

なんつーか、スキー教室から帰ってきて熱出てから、もう半年が経とうとしてるってのが信じられないです。今日はデータ整理をしていたんですが、1年B組のときのレポート.docとか、E藤の世界史.jpgとか見ると、いまだに自分は1年B組なんじゃないかって思いますね。

短かった……ような気もするし、えらく長かったような気もするし、よくわかんないですね。この半年間は。

ともかく、これでようやく終わりってことです。

当初は、寛解に入らないだの、アラノンジーの成功率が18%だの、ゴチャゴチャしてたけどよおお。結局終わりまで来たってわけよ……。

残念だったなぁぁぁあああ、白血病サンよおおぉぉぉ。これでもう正真正銘のお別れってヤツなんだぜえええぇ!!　生涯縁が切れると思うと、最高に清々するよなあああああああ!!

つまりこれから3カ月の苦しみは、そっくりそのまま白血病の断末魔なんだぜ。これは最高に楽しいよなあああぁぁぁあああ！

けどよおおおお、この治療は俺の人生の非常に重要な一部分を奪ったわけなんだぜ。それを俺がタダで許すわけねええええぇぇぇえええだろおおおおぉぉぉ。ブッ潰してやるぜえええぇぇぇえええええ!!

アレか、あのセリフはまさにこういうときに使うべきなのか。

最高に「ハイ！」ってヤツだアアアアアハハハハハハハハハーーーーッ!!

そういうわけで、明日からワイルズの闘病記は最終章突入！　ですのでよろしく。

Day−10　6月19日

今日から治療開始で、それに伴って1日8回のうがいが始まりました。起床後、朝食後、10時、昼食後、15時、17時、夕食後、就寝前に4種類の薬品でうがいなどをします。

今はまだ何の問題もないですが、あとあとこれがまたきつくなってくるんだな……。で、治療は11~12時にフルダラビン、17~18時にアラノンジーが入りました。副作用はそこまで強くないです。なのでとりあえず、メルファランまではなんとか大丈夫かな……。

入っている間というか、今日は昼間ほとんどずっと寝てました。治療中は多分ずっとこうです。

退院後の予定　6月22日

もう移植1週間前になったわけなんだが……。

とりあえず、今の時点で退院したあとについて考えていることでも書きます。

ハッキリ言ってGVHDの影響がまったく予測できないのでアレなんですが、まあとりあえず普通に生活できる程度だったという仮定の下です（というか、そうでないと困る）。

10月1日頃退院したとして、まずはやはりとにかくリハビリって奴ですね。これが第一ですね。

おそらく、というか確実にその頃は、体力がないなんてレベルじゃあなくなっているはずなので、とりあえずは「歩く」「階段を上る」を違和感なくこなせるくらいにしないとだめですね。

4月までトレーニングは段階的に継続していきます。約半年ではたしてどれだけの体力が戻るのかは予測できませんが、戻せるだけ戻すって感じです。

トレーニングとも関係するんですが、白血病を抑え込むってのが最重要です。これをしくじると、死んでしまうので。具体的にはとにかく免疫力を高めることです。免疫抑制剤を飲んでいるのに変な話ですが。

免疫力を高めるために食事・運動・睡眠・その他いろいろやります。詳しいことは、9月頃に調べたりして、細かく決めます。とにかく、これに関しては本当命がかかっているので、本気でやります。最初から全力です。

健康面ではこれくらいかな～。精神衛生は、半年間は特に何もないので、ああ～イイんじゃないいッすかねェエエエ～～～～～と。何か問題が起きれば、そのとき対処します。

続いて学問のほうですが、まずは1年の復習を徹底的にやります。というか、復習をやるほど記憶が残っているかアレなので、実際は1年分もう1回やり直します。まあ、1回必死にやったことなので、2回目はちょっとやればすぐ思い出す……と信じたいものですが。

リハビリと勉強をそつなくやったとしても、なんせニートなので時間にはまだまだ余裕があります。ありまくりんぐです。

とにかく時間があるので、もういろいろやります。本当はなければ良かった時間ですが、もう返品することもできないので。ならば有効に使うしかないだろう。常識的に考えて。

あとはとにかく外出したいですねェ〜。病院に閉じ込められて、自分の足でどこかに行くっていうことの素晴らしさを思い知りましたので。とりあえず、猪苗代スキー場は確定。

体が戻ってきたらVISIONの大会や交流会もいいですねェー。その頃には人口も増えているはず。

まあ、こんなところですかね、今考えているのは。

退院したあとは、おそらくすごく充実した毎日になることと思います。

そういうふうに感じられるようにしてくれたという点のみでは、評価に値しますね、白血病。

INTERVAL_1　6月26日

もうあと数日で6月も終わりです。

2月10日に入院してから、なんとあと少しで5カ月が経とうとしています。早い……というのは過ぎ去った時間に対する普遍的な感想だと思いますが、まあそんなゴチャゴチャした理屈抜きにしても早いですね。キング・クリムゾン食らったような気分です。

なんか今さらという感じもしますが、ここまでこられたのは皆さんのおかげです。本当に感謝しています。

当ブログ開設当初は、1日1桁程度のアクセスでしたが、いつの間にかアクセスも結構増えました。誰が見てんのかなーとか結構気になったりしています。

最近になって、同じ白血病の方や、そのご家族の方からも連絡があり、やっぱり身内だけでなく、いろいろな人が見てるんだなーと感動したり。

今までは闘病記というのを「読む側」だったのが、いつの間にか「書く側」になってたんだなーと、外部から気づかされました。

あと3日でいよいよ「Day0」というXデーがやってくるわけでして、もうホントの大詰めになるわけです。「Day0」は移植治療の折り返し地点と言ってもいいでしょう。

その折り返し地点を迎えるにあたって、一旦このブログの有り様といいますか、存在意義と申しますか、そんなものを確認したかったわけです。

といっても、まあ、そんな重く考えるものでもないな、というのが結論なわけで。

結局はいつもどおりに気楽に書いていけば、結果的にそれがベストなのかなーと。

まあそういうわけで、これからもよろしくお願いします。

INTERVAL_1はジャイロの名言でメたいと思います。

ホント、この病気を克服したら、何かこう……「超えられる」ものがある気がします。

少なくとも、1回それを体験しているわけで、「2回目」の向こうには何があるのか……。

逆に言うなら、あれに乗れたら、人間を超えれるね。—ジャイロ・ツェペリ

Day−2　6月27日

今日はメルファラン&サイモグロブリンを投与しました。

メルファランのせいで気分が非常に悪いです。

午後に2年C組のM氏・I氏・I先生が、2Cで作ってくれた千羽鶴と色紙を携えてお見舞いに来てくれました。

会うのはとても久しぶりでした。スキー教室以来だったので……。スキー教室のときの班写真ももらいました。ああ、ああ……って感じです。本当皆さんに感謝です。これはもう快復するしかないね。明後日ですね……早いものです。

Day−1　6月28日

今日は11時に最後の抗がん剤、メルファランを投与しました。やはりそのおかげで気持ち悪いです。すごい気持ち悪いです。これで薬は終わって、あとは明日の放射線だけとなりました。明日かー……。まあ実際はあっけなく終わってしまうものなのですが、ねえ……。これからですね。がんばります。

Day0　6月29日

本日、Day0です。

朝から（というか昨日の夜中から）非常に具合が悪かったです。それでさらに、14時から放射線照射だったので、ボロボロです。照射量は前回の6分の1ですが、十分きついです。なんというかこう、放射線独特の、寒気と熱が同時に襲ってくるというか、体の内側に鳥肌が立ったようなそんな気分の悪さがあります。

とにかくこれですべての前処置が終わりました。

22時に骨髄を入れます。

何が起こるかわかりませんが、なるようにしかなりません。

ですが自分の意志で方向を変えることはできるはずです。今までがそうだったので。

3度目の人生の始まりです。これで最後です。

Day1　手術成功の定義　6月30日

昨日の22時に、骨髄移植を行いました。

大きめの注射器1本分の骨髄を、ＣＶカテーテル（胸に刺さってる管）から直接主治医の先生が注入しました。

前投薬から終了まで10分で、作業自体はあっけないものでした。

その後バイタルを測りまくりましたが、特にすぐに異常は出ませんでした。

移植「手術」という名目ですが、実際は腹を切るわけでもなんでもなく、輸血するのと同じようなものです。

したがってこの「手術」に、一般的な外科手術のような「失敗」「成功」というものは存在しません。

　移植された骨髄が体内で働きだす、それが生着する、体の一部として完全に馴染む、後遺症が消える、そこまで行って初めて「成功」です。

　つまりこの「手術」は、実質的にはとんでもなく長期間に及ぶもので、退院時ですら「ゴール」ではない（完全にＧＶＨＤが消えるのは１年２年あるいはそれ以上かかるため）という気の長い話なわけです。

　ただそんな厳密に考えていたら、いつまでもスッキリしないので、ここで定義しておきます。

「生着」をもって「成功」とする。

　とにかく生着すれば、なんとかなるでしょう。逆に言えば、生着しないというのは非常にまずい。

　そして生着、移植が「成功」ならば、それは全体としての「勝利」に直結します。

　まあ、そういうことで、今日は特に良くも悪くもありませんでした。

Day4　THE 激痛　7月3日

　体の火照（ほて）りがひどいので気分がすごく悪いです。

　熱があるときと同じように、悪寒・熱さがあるのに、測ってみると平熱という、実にイマイマしい状態です。

悪寒がひどいと何もできないので寝るしかないです。

それ以外は特に変化がないので、主治医の先生に聞いてみたところ、急性ＧＶＨＤが出るのは生着後なので、生着までは何も起きない可能性もあるとのこと。まあそれに越したことはないですね。とにかく感染症対策をしっかりやるのが重要です。

と思っていたら、来ました。ついに来ました。腸に粘膜障害が。

夜、突然腹痛が。この痛みというのはただの痛みじゃあない……。たとえるなら（品のない話ですが）、下痢のピークの痛みを1としたとき、5から10の痛みが断続的に続きます。普通の下痢なら出せば痛みは治まりますが、これはそもそも腸がイカれているため、鎮痛剤が効かない限りずっと続きます。

久々に叫びました。痛みで唸（うな）ることはあっても、叫んだのは多分3年前の移植のとき以来です。全身がケイレンして、目玉はもうグルグル回り、ひどかったです。

痛みのない状態にこれほど感謝したことはないです。

Day10　7月9日

WILESです。具合悪いのでずっと寝たきり状態です。

呼吸がおかしかったり、痛みがすごかったり、いろいろひどいんで、母に更新を頼みました。

コメントは調子のいいときにまとめて読ませてもらっています。

皆さんありがとうございます。

Day26、27、28、29、30、31、32、33　8月1日

どうもワイルズの父です。

もう8月に入ってしまいました。２月の入院以来、約半年弱。はやいものですね。

皆さんのコメントはいつも見させていただいています。

さて、ワイルズの状態ですが、Day28頃から炎症反応（ＣＲＰ値30超え）が上がりだし熱が下がらないので、対策として、父ワイルズの血液中の白血球を特別に増幅させて輸血することとなり、急遽Day30に実施しました（やっとワイルズの役に立てたような気持ちです）。

その後、熱も上がらず（ほぼ平熱、ＣＲＰ値10）今日Day33を迎えています。

その影響もあり睡眠が連続でとれるらしく多少調子が良さそうで、昨夜は久しぶりにベッドを囲み家族３人で会話を楽しみました（顔色も良くなっています）。

肝心の生着の件ですが、来週マルクを行い、検査に出すそうです。それではっきりする予定です。

現在白血球は徐々に出てきており、数字的には順調に上がってきました。

今は、ここまでがんばっているワイルズのためにも、母ワイルズ由来の白血球であることを信じています。

父ワイルズでした。

Day34、35、36　8月4日

ワイルズです。

皆さんにお知らせします。

母ワイルズの骨髄が生着しました。

今日突然主治医の先生が検査の結果を持ってきて説明を受けました。

数字的には母ワイルズ由来が97・6％です。

今はうれしいのひと言です。

これからは何としても治癒を目指します。

(本コメントは父ワイルズが代弁しました)

もう少し具合が良くなったら自分でコメント書くそうです。


父ワイルズです。

今日、母ワイルズからメールをもらい、うれしさとホッとしたのと、とにかく、ワイルズのがんばりと、皆さんからの励ましでここまでこられました。

本当にありがとうございます。

本来、明日生着に関しての正式な説明会がある予定でしたが、悪いイメージばかりが心にあり、正直不安でしたし、今後どうなってしまうのか、という気持ちがごちゃ混ぜになっていました。

霧が晴れた感じですね。

でも、うれしさも今日で終わりにします。

まだ、生着段階であり、今後何が起きるかはわかりません。

ワイルズには一歩一歩前進していってもらいたいものです。

これからも応援してください。

よろしくお願いします。


母ワイルズです。

信じていました。

途中、生着はほぼ絶望的ではという周りの空気がありましたけれど、信じ続けていました。

今は何と言っていいかわかりませんが、奇跡は起きるものなのですね。

今後は、治癒に向かってがんばっていきます。

皆さんのコメントにはホント勇気づけられています。

これからもよろしくお願いします。

ワイルズ一家でした。

Day47　久々にPC　8月15日

どうも、ワイルズです。お久しぶりです。

体調がだいぶ良くなってきたので、今日久しぶりにPCに触りました。

んん〜〜。なじむなじむぞ。やはりXPSでのネットは実によく馴染む。最高にハイ。

ただ、姿勢が上体を（ベッドで）少し起こして、腹の上にPCを乗っけて首をかなり曲げて（伝わるかな…）やってるので、疲れますが……。あとキーボードが見えないのでタイプミスが多くてうざいです。

最近の報告ですが、元気になってきてからはジャンプを読んだり東方人形劇をやったりしていました。

人形劇もめでたく本日PSPらしい戦い方で殿堂入りしたので、次は何やろうかなという感じです。

体調ですが、今は落ち着いています。

ただ手足がすごくしびれているのが非常に不愉快です。特に足のしびれがひどく、筋力が低下しすぎてひとりでは立てないです。

いろいろありましたが、ここまでこられて良かったです。あともうひとふんばりがんばりたいと思います。

たくさんのコメントどうもありがとうございます。

読んでいるととても元気になります。

Day53　検査検査　8月21日

どうも、ワイルズです。

この3日間、かなり体調がひどかったです。

手足のしびれが悪化して（もう足の感覚が80%ない。手も手首から先がひどい）、さらに謎（なぞ）の呼吸障害で散々でした。鎮静剤打ちまくったので気分が悪いです。そのため検査ラッシュで、ＭＲＩや神経伝達速度や胃カメラやらで大変でした。

で、結局ギラン・バレー症候群（急性特発性多発神経炎）ではなかったようなのでひと安心です。でもじゃあ原因はなんなんだ……。進行性ってのがすごい怖いです。

ただ良いニュースもあって、今は食事はプリンやゼリーなどしか食べられてなかったのですが、普通に食べられるようになったら外泊できるとのことです。

Day58　胃炎　8月26日

どうも、ワイルズです。

月曜日のマルクの結果は特に問題ありませんでした。

ドナー、レシピエント（移植を受けた患者）のリンパ球比率は金曜日あたりに出るそうです。

あと、手足の痺れ＆感覚障害にようやく名前がつきました。ニューロパチー（末梢神経障害）だそうです。原因は、おそらく前処置で使ったアラノンジーみたいです（はっきりとはわかりませんが）。

で、手の痺れの治療＆ＧＶＨＤ予防（ＧＰＴ・ＧＯＴが上がってきたため、ＧＶＨＤの始まりが疑われる）のために、おとといの夜からステロイド（プレドニン）を始めました。

が、そのせいで胃炎がひどくなり、昨日の昼あたりから吐き気が酷くなってしまったので、明日の医者の会議でやめるかどうか検討するそうです（ＧＶＨＤもまだ症状は出てきてないので、一旦やめて胃炎を治してから再開する）。

あと寝汗が酷いです。原因は不明です。

体調に関してはこんなところです。

Day59　ニューロパチー　8月27日

どうも、ワイルズです。

今日は1日中主にプログラムをいじっていました。

「どう書く」（自動採点機能付プログラミング学習サイト）に投稿するのが楽しくて、思わず早まった行動で失敗したりもしましたが……。推敲に推敲を重ねてから投稿するべきですね。

まあそれは置いておいて、手足のニューロパチーですが想像以上にやばそうです。手はまあ、少ししびれている程度なので、そんなに問題ないのですが、足はもう足首から先は感覚がなくて、動かすのも動かなかったり意図した方向とは違う方向に動いたりで、とにかくまともに機能していません。陳腐な表現ですが、石みたいになっています。

アラノンジーが原因（まだ確定してませんが）だとすると、単剤での使用では症例が報告されていて、完全に回復することもあれば残ることもあるとのこと……。しかも今回の場合は単剤ではなく多剤投与（しかも前例のない）だったので、ハッキリ言ってどうなるかまったくわかりません……。

もし現在の状態が続くようであれば、正直まともに歩けないんですよね……。

今は正確な原因の診断待ちですが、かなり不安です。手も軽いとは言っても、プラモはとても作れないようなレベル程度ではあるので……。文字書くのもきついんで……。

何より情報が少ないっていうのが一番嫌です。

あと、骨髄検査の詳細結果が届きました。

ドナー、レシピエントのリンパ球比率は、99：1でかなり良かったです。

Day63　快方へ　8月31日

どうも、ワイルズです。

今日から1週間主治医の先生が休みなので、代理の先生が担当になります。

で、今日は午後に神経科の先生が2人診察に来てくれました。

いろいろと試したあとの説明によると、やはり現段階では明確な原因はハッキリしないようです。

その後、精神科の先生も診察に来て、そこで足の不安を相談したところ、とりあえず今は良くなる場所を良くしていく、という感じでした。

まあ確かに、少し足のほうばかりに気をとられすぎていたのかもしれません。

なんせ症状が比較的重いわりに、原因が全く不明で見通しも立っていないという状況なので、気になるのは当然なんですが……。

足以外の、粘膜や胃のほうは、だいぶ良くなってきてはいるわけです。ついこの間まではＰＣすら触れないくらいだったのが、今では果物やスープくらいなら食べられるくらいに回復しているのです。

だから今は回復できるそっちのほうに目を向けて、足のほうは長い目で見る感じがいいのかなと思います。

Day73　近況報告　9月10日

どうも、お久しぶりのワイルズです。

ここ数日は、体調不良でずっと寝ていました。比喩ではなく、文字どおり朝から晩まで（そして晩から朝まで）ずっと眠っていました。

人はここまで連続して熟睡できるのか……と。まあ健康的な睡眠というよりは、病的なものなのでアレなんですが……。

月曜日には骨髄検査があり、特に問題はありませんでした。

あと、血小板とヘモグロビンの下がりが収まったので、輸血から離脱できました。

白血病に関しては順調に進んでいるので良かったです。

足と手の神経障害についてですが、原因は結局不明で、足に関してはさらに悪化しています。

上のほうまで動かしにくさが進行して、足首から下は両足とも異常な状態です。特に指がもうなんというか、動かそうとすると、とにかく変な感覚がしてすごく不快です。

手はそんなに酷くなってはいないと思いますが、今日久しぶりにキーを叩いてみて、震えがひどくなっているのがわかりました。

一連の症状に対する治療として、まずは症状がギラン・バレーに似ているので、それに対する治療法の大量グロブリン療法を昨日から始めました。γグロブリンを1日8本、5日間で計40本投与します。効果が現れる（としたら）のは約1カ月後くらいだそうです。

あともうひとつは、末梢神経炎に効くらしい薬（ガバペン）を飲み始めました。

効いてほしいですね……ホント。足が動かなければ、とてもじゃないですが東京のど真ん中まで行けませんので……。

ホント、手が不自由になるっていうのは不便極まりないです。

Day76　VISION再燃　9月13日

こんにちばんは、ワイルズです。

ここ最近は結構調子良いので、1日中起きていました。

一昨日にはシャワーも浴びられて（3カ月ぶり）、スッキリしました。

あと、食事はカップのスープ春雨が普通に食べられることが判明したので、食事の量も増えました。

ただ良いことばかりではなく、サイトメガロウイルスの陽性反応が出たため、デノシンによる治療が始まりました。サイトメガロウイルスは治療中にも症状が出る場合があるので、出ないことを祈っています。

一度は封印したVISIONですが……封印を解いて再燃してしまいました。

ああ対戦してええ。

それでは今日はこの辺で。

Day77　GVL、skype　9月14日

こんにちばんは、ワイルズです。

今日は午後にまたシャワーを浴びられました。かなりサッパリしてきました。

食事は、昼食に春雨スープ&おにぎり、夕食におにぎり&スープ&スイーツ（笑）

&くだもの（梨、バナナ）と、かなり食べられました。

主治医の先生いわく、完全退院の3要素は「点滴がとれている（＝食事が摂れている）」「骨髄検査で問題がない」……あとひとつは忘れましたが、とにかくこれは確実に退院に近づいている証拠です。

完全退院は10月を目標に、明日からリハビリも始めることになりました。いよいよ退院というのが迫ってきて、最高にハイってやつだアアアーッ！　ひとつ歌でも歌ってやりたい気分だって感じです。

ただちょっと気になるのは、GVHDが出ていないことです。

正直、もうDay77なので、急性GVHDが出ていて当然の段階なのですが、せいぜい体の皮が粉のように剝ける程度で、何も症状が出ていません。主治医の先生に聞いたところ、やはり母子間免疫寛容が働いた結果かもしれない、ということでした。2座不一致ながらGVHDが出ないとは、やはり仮説段階の母子間免疫寛容の存在を証明するものなのかもしれません。

で、何が気になるって、GVHDが出ないってことはGVL効果も微妙ってところです。GVHDとGVL効果は表裏一体（という表現が正しいのかはよくわかりませんが）のようなものなので、GVHDがなければGVLもないということなのです。

今回の移植は、NK細胞のGVL効果を期待（5月18日の記事を参照）していたので、うーん……と。

まあ、重篤なGVHDで危険な状態に陥るという心配はなくなったので、先生は良いことだと言っていますが、うーん……どうなんだろう。

とりあえず、再発を抑え込む努力はさらにしないとならないようです。

昨日から地元の友達とskypeで話しています。

やっぱり生の声を聞くといいですね。会って遊んでいたときのことを思い出します。

その影響でモンスターハンター3が超やりたくなったので、師長に訊いたところ、OKとのことなので明日からモンハン3やります。退院してオンライン行ったとき足引っ張らないように。

Day78　モンハン3始めました　9月15日

こんにちばんは、ワイルズです。

昨日書いたとおり、本日病室にWiiとモンハン3がやってきました。

はい、朝から晩までやりましたよ。食事と身体拭き、その他用事以外のときはずっとやってました。

いや、だって超面白いので……。まあ長くTVゲームをやっていなかったためもあるかもしれませんが、それでも面白いです。

今日の午後にリハビリの先生が来て、足や手の状態を見たり、ストレッチをしたりしました。いろいろベッドの上でできることを教わったので、明日からやろうと思います。今後のリハビリの予定についてですが、やはり「元に戻る」には年単位で考えたほうがいいようです。通学など日常動作は、半年くらいでできるようになるみたいです。まあとにかく、社会復帰（？）に向けてがんばりたいと思います。

次。

ついに外泊が実現しそうです。今は食事はおにぎりとカップスープなどでちゃんと食べられていて、常注しているアンペック（痛み止め兼手足の震え止め）も減ってきて飲み薬に代えられるためとのことです。

サイトメガロウイルスの治療が終わってからなので、月末くらいになりそうです。

何がうれしいかってジョースター、ポン（猫）に触れるんだぜーッ。新しいデジカメで写真とりまくりです。

最後。

今の身体の状態ですが、目立った異常はありません。

ただ、手の震えが半端ないです。特に顕著に現れるのが、キーを叩いているときです。手がキーボードの上でバウンドするというか、そんな感じで飛び跳ねたり、意図しないのにキーを打ったり、やばいです。これは確実に神経のほうの問題だと思うので、グロブリン&ガバペンに期待します。

とまあこういう1日でした。

Day79　集団と個人（真面目）　9月16日

こんちゃばんわ、ワイルズです。

今日もモンハン三昧でした。

手の震えですが、かなり酷いです。日常動作に支障をきたすレベルです。どのくらいかと例を挙げると、散らばったカードを揃えられない（揃えようとするとまたカードが飛ぶ）ような感じです。

さらに震えは口のほうにも来ていて、まともにしゃべれません。ろれつが回らないです。

おそらく（つーか確実に）原因はアンペック（モルヒネ）を減量したためだと思われます。

明日主治医の先生に報告して、対応していきたいと思います。

さて、今日は久しぶりに真面目な記事でも書こうと思います。

「集団と個人」の問題について考え始めたのは、小学生以降のことです。幼稚園と違い、「集団行動」を本格的に学ぶ小学校〜中学校では、常に自分という「個人」は学校内の何らかの「集団」に属することになります。

「集団」に属している以上、多くの場合「連帯責任」というものが生じます。「個人」の失敗は「集団」の責任だというしくみです。

私は小学校低学年の頃から、この連帯責任というしくみに対して疑問や反感を抱いていました。というのは、「個人」の失敗は「個人」の責任であるはずだ、と考えていたからです。その考えは今でも変わりません。この考えに対して、様々な反論を予想できますが、今回は本筋から外れた内容となるため割愛します。

こうして、中学3年生になる頃には、私は連帯責任を毛虫のように嫌い、「集団」のあり方について大いに疑問を持つようになりました。はたして「集団」に対する意識は今のままでいいのだろうか？　と。

さて、前置きが長くなりましたが、ここからが本題です。

昨今ネット上では、中国・韓国を批判・侮蔑・排他する風潮が高まっている、と私は感じます。

もちろん良い関係を築き、友好な交流を行っている部分もたくさんあります。しかし、一方でそうでない意識を持つ人々が多いのも確かだと思われます。

一体なぜそういった風潮が高まったのか、と考えると、確かに中韓では製品の違法コピーなど、負の一面が存在しています。違法コピーに関して言えば、「コピー大国」という言葉ができるほど認知されることとなりました。

では、中韓を批判する人たちはそういった負の一面を批判しているのかというと、そうではありません。負の一面も含めた、「中国・韓国」という「集団」そのものを批判しているのです。

たとえそれが負の一面でなく、正当なものであったとしても、彼らにとってそれは「コピー大国」に過ぎないのです。

この考え方は中韓の人々にも及び、違法行為をしている「個人」がいれば、その「個人」が所属する「集団」が批判されます。

確かに、日本における違法コピーは中韓の人々が多数を占めていると思われます。よって、彼ら（違法コピーをしている人たち）を批判するのは至極自然な流れであると思います。

しかし、そこで行われる批判は「中国（韓国）人」という「集団」に向けられてしまっているのではないでしょうか。他には、在日中韓人には選挙権を与えるなどという話（これに関しては様々な意見があると思われますが、そこは割愛で）がありますが、結局批判の対象となっているのは「個人」ではなく「集団」なのです。

これは「国」という「集団」と「国民」という「個人」における「連帯責任」とも

言えます。

当然ですが、善良な中韓人はこれに対して大いに反感を抱くことでしょう。何もしていないにもかかわらず、異国の人々から「コピー大国」呼ばわりされ、批判されるわけですから。道端で突然見知らぬ人に「馬鹿野郎」と言って殴られるようなものです。

彼らに対してそういった行為を平気でしているのが、今の日本のネット世界、いや日本人なのです。

さて、今「今の日本のネット世界、いや日本人なのです」の部分で、「えっ?」と感じたと思います。

これが「連帯責任」です。一部の中韓批判者という「個人」の責任を被る羽目になったとき、あなたはどう感じますか?

中国・韓国の話はあくまで一例に過ぎません。こういった理不尽は様々な場面に存在しています。

はたしてそれでいいのでしょうか? 小学校で学ぶ「集団行動」に、すでにその布石が存在しています。それに対して何の疑問も抱かなければ、中学校を卒業する頃にはしっかりと「連帯責任」を習得しているのではないでしょうか?

教育現場においても、「集団と個人」のあり方について、今一度見直す必要があるのではないでしょうか。

この日本において、「連帯責任」という病が多くの人々を傷つけ、無用の軋轢(あつれき)を生み出している現状を改善する必要があると私は考えます。

なげぇ。見返して自分でびっくりしました。多分ここまで長い文章書いたのは……わからん。比較的長い機械科のレポートより長い。

ホント、長くてごめんなさい。国語力がなまってしまったので、短く簡潔にまとめられないんです。

あと、一発書きで推敲とかまったくしてないので、ヘンなところとかあるかもしれないですが許して。

まあ、なんでこんな長いのを書いてまで、こういうことを言いたかったかというと、コミケでの未成年者のマナーの悪さを、若者一緒くたにして批判している記事をTumblrで見つけて、最高にムカついたってヤツだ。アアアハハハハーッ! ってなってしまったんです。しかも、そいつらの提唱しているマナーっていうのも、ちょっと行き過ぎているっていう。

別に俺はコミケで未成年禁止になろうがどうでもいいんですが、仮にそうなったらそれは「連帯責任」を謳(うた)っていたやつらの勝利ですよね……。ちゃんとマナーを守って楽しく買い物していた未成年者たちは、もうコミケに行けなくなるんですよね……。

なんでここまで怒っているのかというと、俺自身これまでにも連帯責任をとらされて、したいことができなくなった経験が何度もあるんです。

なんつーか、これに限らずいろんな場面で「最近の中高生は」だの何だの、世間は「連帯責任」のバーゲンセールなんですよね。なんというか、そういうのスゲーむかつきます。俺、あまり見せたくないですが、実はかなりプライド高いほうなので。バカと一緒にされるのは、スゲー迷惑だぜッ！　このオレはッ！

つーか、あとがきも長いな。まあいいや。

読んでわかるとおり、この文章は俺の主観によって書かれています。物事を多角的に見るなんて知ったこっちゃねえ。俺が正義だ。って感じの文章です。したがっていろいろな反論や意見があると思うので、そういうのがあればぜひぶつけてください。

それではこれで終わりです。本当にいろいろ長くて申し訳ありませんでした。ここまで読んでくれた方、ありがとうございます。

Day80　アンペック終了　9月17日

Good morevening.（おはこんばんは）ワイルズです。

まずは治療関係のことから。

本日、移植以来ずーっとつないでいたアンペック（モルヒネ）が取れました。

これで点滴はメイン（生理食塩水）のみとなりました。管が1本になったので実に身軽です。

さらに、食事も順調にとれるようになってきたので、メインも来週までには外れそうです。そうすれば点滴なしと。

あとは足さえなんとかなれば、もう完璧ですね。

では今日はこの辺で。シーユーアゲイン、ハバナイスデイ。

Day81　外泊決定　9月18日

ちゃおッス。ワイルズです。

本日、最後の点滴のメインが外れ、ついに点滴の管から解放されました。身体に何もつながってないのが、こうも身軽だとは！　ひとつ歌でも歌ってやりたい気分だフハ　フハハフハフハ。

さらに、来週予定だった外泊がなんと明日に！　実に3カ月半ぶりの外の世界。まさに最高に「ハイ！」ってヤツだ。アアアアアハハハハハーッ　アハアハアハ

足が動かないので、車椅子で車まで行き、父の補助で家まで行きます。

家のなかで階段は上れないので、ずっと1階のリビングで生活することになりました。大画面液晶テレビにネット環境……。これはもう寝る間も惜しんでモンハン3オ

ンラインをやるっきゃねェエーッ！　たとえそれに飽きても（飽きないだろうけど）なんでもござれなんだぜーッ！　ああ、あとは録り溜めた鋼の錬金術師（ハガレン）見ないと（最後に見たのが中華編に入る直前だったんで、何話あるんだ……マジパネェっす）。

まあそういうことで、明日外泊です。飼い猫のポンに会うのも楽しみっす。写真を撮ってくるので、今度アップします。

なお、月曜日に採血したら、その後はまた家に戻っていいそうです。まあ、足がよければそろそろ退院の時期だから、こんなもんなのかな。でもまあ、リハビリも進んでるんで、10月には退院でしょう。それまではこんな感じで帰ったり戻ったりだろうから、実質半・退院って感じですね。

あと、移植後、味覚がおかしくなり、いろいろなものが食べられなくなっていたんですが、今日ピザを食べてみたところ、ディ・モールト（非常に）おいしく、もうピザをおかずにピザを食ってもいいようなくらいでして、明日は家でちゃんとした冷凍じゃないピザを食べたいと思います。

それではまた明日。

Day84　外泊報告　9月21日

ナマステ、ワイルズです。

さて、外泊でした。

3カ月半ぶりの外の世界です。

車椅子で病院を出て、外の空気に触れたらとても感動しました。

なんつーか、もう道端の草葉や空気やらが最高に新鮮でした。

灰色一色の病室から、一気に極彩色の外に出たって感じですかぁ。普段は気にしませんが、何も著名な観光地でなくても、世界は十分に美しいっていうんですかぁ。まあ、そんなふうに思えるのも、色を奪われた生活を送ったからですかね。

で、家に帰ると猫（ポン）がお出迎えでした。相変わらずのニャースで変わってなかったです。

2階には上れないので、1階リビングが生活スペースでした。

まず特筆すべきは食事です。

1日目：（昼）かに玉　（夜）ピザ3分の2
2日目：（昼）雑炊・卵焼き　（夜）鍋
と、入院前よりわずかに少ない程度（あるいは同等）の量を食べられました。

さらに、最初は父の補助で歩いていましたが、1日目の夜くらいからはひとりで物に摑まりながら（少しなら補助なしでも可）歩けました。

とまあ、そんな感じで、体調は病院にいるときよりも遥かに良かったです。

1日目は、まずハガレンをイッキ見しました。14〜23話で、超・面白かったです。

その後はずっとモンハンのオンラインを。友達とやったり、あとは知らない人と。

いやー、やっぱりモンハンは多人数がいいですね。1回やるとひとりではやれなくなります。20日無料券があったので料金もかからんし、んん〜こいつはベネ（良し）。

寝たのは4時頃で、起きたのは12時頃でした。昨日もそんな感じだったので、眠いです。

まあそんな感じで非常に楽しい外泊でした。

今日もまた帰ります。今日は早く寝よう……。

Day92　Recent Days　9月29日

こんにちは、ワイルズです。

本当は今日も外泊中のはずだったんですが、今朝呼吸困難に陥りまして、病院へRETURNしました。

原因はおそらく、月曜日にMSコンチン（特に痛いときに飲むモルヒネの代わりの飲み薬）を3分の2に減量したことか、貧血によるものだと考えられる（肺のエックス線検査は問題なし）ので、とりあえず輸血中です。

ＨＧＢ（ヘモグロビン濃度）が昨日は８・８あったのに、今日は７・１に激減していたので、まあ多分諸々の不調は貧血かと。で、その貧血の原因は、サイトメガロウイルスの治療で飲んでいるバリキサによる骨髄抑制みたいです。バリキサは今週いっぱいくらいは飲み続けるので、回復してくるのはその１週間後くらいかなーっちゅう話です。

まあとりあえず、今日輸血して、明日調子良ければまた帰れるのかな？　個人的にはもう１日くらい泊まって様子を見たほうが良いような、帰りたいような……。という感じですが。もし明日も症状が改善されないようなら、ＭＳコンチンを元の量に戻すそうです。

まー、ということで、基本的には順調に進んでいるということです。気づけばもうDay90を過ぎていて、あと１週間でDay100だと!?　許せるッ！

１週間も家に帰ってたわけですが、ほとんどモンハン３かネットかテレビだったので、ろくに書くことがありません。

まぁそういうわけで今日はこの辺で終わります。

シーユーアゲイン、ハバナイスデイ。

Day99　頭痛ヒドス　10月6日

その闇を切り裂いて開け！　Wiles!

ちゃおッスワイルズです。

昨日朝起きると、激しい悪寒と頭痛と咽頭痛に襲われて、頭痛はもう病院に戻ってきてからずっと続いていたので、髄液検査することに。また、ついでに髄注もすることに（キロサイドとナントカっていうステロイド）。

12時頃に検査して、その後ずっと寝ていました。夕方に起きてからも頭痛は相変わらずでしたが、検査の結果は特に異常なしとのことでした。

まあそんなこんなで今日も具合悪いんですが……。昨日ほどではないです。

つーか、むしろネットやらないと余計精神衛生上良くないのでこうしてやってる次第であります。

Day111　近況報告　10月18日

なんと約2週間ぶりの更新です。いや一体どうしたのかというとですね、ちょっといろいろありまして。

まず先々週の週末頃から高熱&下痢（腸の不具合）が出始めて、それが結局、おといくらいまでずーっと続いてたという、まあそれだけなんですが。

その熱、実に38・5度から39・2度ッ！　流石に応えましたね。いやもう寝るしかないんで、なんかもうね。アレですよ。なんとかしてくれェエーッっていう。

で、ようやくここ数日で熱が下がったわけですが、一連の原因は何かというとアデノウイルス感染でした。

元々サイトメガロウイルスの治療でデノシン（点滴）とバリキサ（錠剤）を使ったため、骨髄抑制が働いて免疫力がディ・モールト（非常に）下がっていたところに感染したため、ウワアアアーッということになってしまったみたいです。なお、熱は下がったものの腹の調子は依然悪いので、まだしばらくかかりそうです。ただ、骨髄抑制は解かれてきているので、免疫力が立ち上がり次第、完全キメラ状態の本領を発揮してくれることでしょう。

まあそういうことでした。サイトメガロウイルスはホスカビル点滴治療後、陰性を保っているので、多分大丈夫じゃあないッスかねェ～～。

Day114　サイトメガロ再来　10月21日

こんにちは。ワイルズです。

えー、本当は今週末の金曜日の採血結果が問題なければそのまま外泊の予定だったんですが……。なんというか……その……残念なんですが……フフ……おじゃんになってしまいましてね。

アデノウイルスは消えたんですが、代わりにサイトメガロウイルスが再燃……。月曜日の検査値が7だったので、再びホスカビルの治療が始まってしまいました。

治療期間ですが、最低2週間、できれば3週間。

なんなんだ一体……というか本当はもう今月上旬くらいには退院してる予定だったのに……。いつ退院できるんだチクショウ……。ナメやがってクソッ！　クソッ！

3週間ってどういうことだクソッ！

まあ治療しないとどうしようもないんで仕方ないですが……3週間って……ウワアアーッ。

主治医の先生にＤＬＩ（ドナーリンパ球輸注：移植のドナーのリンパ球を採取し投与することで、そのリンパ球による免疫効果を期待する方法。ウイルスにも悪性腫瘍にも効くスゴイ方法だが、ＧＶＨＤが強まるので危険な人には危険な手段）はやらんのかァーッ！　と訊いたところ、Ｋ先生（今血液腫瘍科で一番偉い&経験豊富・ベテランの先生。小3のときの主治医だった）と相談して、一応候補には入れているそうです。

素人判断だと、やったほうが対ウイルス効果だけでなくＧＶＬ効果も期待できていいんじゃないかなーと思うんですが、どうなんでしょう。

まあそういうわけで、あと2～3週間は外に出られません。アデノウイルスは消えたので多分病室隔離は解除でしょうが。

なんというか、俺の人生においておそらく最大級の岐路が中1の1学期末だったんだなあと、改めて痛感しましたね。

あちらの三の道と、こちらの二の道のY字路ってヤツですか。

別にこっちの道に不満があるわけじゃない……いや多少はありますが、別に不幸だと思ったことは……結構あるけど、でもなんだかんだで悪くない道だとは思っているし、これから良くしてけばいいんだとは思っています。今の道に文句はまあ、言う気はないです。電気的という変革もあるしね。

……だがッ！　俺が最高に気に入らないのはッ！　「こちらの道に進ませた」ことじゃあないいんだッ！「あちらの道に片足を突っ込ませ、魅力を十分に理解させ、最後にその可能性を提示した」挙句に突き放した点なんだッ！

こちらの道に進ませるつもりならなぜッ！　1学期末のあのとき、あんな奇跡を起こしたのかッ！　あのとき、俺がどれだけ喜んだか知っているかッ！　どれだけ未来の可能性に妄想夢を膨らませたのかッ！　人を幸せの絶頂に立たせて、それをいとも簡単に奈落へ落とすのがそんなに面白いのかッ！　神様とやらあんたは残酷だぞッ！

悪趣味にも程があるッ！

……とまあ、なんともいえない状態になってたんですが、最終的な結論は……。

脅威はいつも「過去」からやってくる……。

これは「試練」だ。過去に打ち勝てという「試練」とオレは受け取った。

人の成長は…………未熟な過去に打ち勝つことだとな……。

それが俺の「決着」だァーッ！

ざわ…　ざわ…

Day116　引越し　10月23日

こんにちはワイルズです。

さて、今日は結構大きな動きがありました。

俺は2月から今まで3Aという、血液腫瘍科の比較的重症患者が入院する病棟に入院していたのですが、本日1Aという内科（血液腫瘍科に限らず）病棟へ移りました。

まあ理由は単純に病院側の都合です。

1Aは8年前の入院で入っていたことがあり（約1年間の入院のうち、後半5カ月くらいは1Aだった）、実質ここに来るのは8年ぶりだったので、非常に懐かしかったです。当時は同年代の友達や、先輩（今でも集まって遊んだり、お見舞いにきてくれたり）が同じ大部屋だったので、それはもう入院生活というよりは修学旅行か何かのようで、最高に楽しかった思い出があります。

実に奇妙な話ですが、８年前の入院は本当に「楽し」かったわけです（無論治療は辛いですが）。

まあ今はもう8年経ってしまって、当時の先輩の年齢を遥かに超えてしまったわけで、孤独な個室生活ですが……。

そんな背景がある1Ａへ降りてきたわけです。場所は入ってすぐのところにある個室なんですが……ひ、広い。広すぎる。なんなんだコレはあああーッ！　ってくらい広いです。俺の自室より広いんですが……。どういうことなの……。

具体的に言うと、鏡つきの洗面台があって、なぜか入院生活には不要のはずのクローゼットがあって、これまた俺の自室のよりデカい棚があって、３人掛けのソファがある感じです。タテに長い感じで、対角線をとればシューティングレンジも十分作れる広さです。３Ａの個室の倍……いや2・25倍はあります。

まあ別にどうせ俺はベッドから降りないんで、部屋の広さはあんまり関係ないんですが……。まあ開放感があります。そして広さより何より静かなんですなここは。

３Ａだと常時子供の騒ぎ声やら赤ん坊の泣き声やら何やらでうるさいッ！　やかましいぞ、お前らッ！　って感じなんですが、ここはもう物音ひとつ聞こえません。不気味なくらいに。今こうして文章書いているときも、聞こえるのはタイピングの音だけです。

というわけで今日から退院までは1Aで過ごすことになりました。といっても別に何が変わるというわけでもないんですが。まあ、そういうことで。

Day117　ハートブレイカー　10月24日

こんにちは、ワイルズです。

最近どうも頭痛と熱っぽさがきます。だいたい朝起きたときからなんとなくだるくて、昼頃にピークが来る感じで。で、13時頃に頭痛薬（ロキソニン）もらって、16時ぐらいまで寝るっていうのがパターンです。サイトメガロウイルスもアデノウイルスも消えているので、考えられるのはやっぱりホスカビルですね……。あと2週間弱はこんな感じなんだろうか……。

まあ、寝て起きたあとは大体調子はいいので、主な活動時間が狭まっただけと考えればそれほどでもないですかね。夜型こそが、高校生のあるべき姿だッ！　そうだろアレルヤァーッ！

Day118　原因不明の不調　10月25日

こんにちは、ワイルズです。

今日は朝から不調で、結局夕方までずっと寝ていました。

起きてから体温を測ると37・7度で、だるさ＋悪寒があったのでこれは上がるな……と思いつつ、氷枕とアイスノンをもらって寝たんですが、起きても変わらずひどい悪寒で。ただ熱は37・5↓37・2度と下がっていっていて、変化量の正負間違えてんじゃねーの？　って気分でした。

昼過ぎになると、頭痛まで出やがり始めたので、ロキソニンを飲んだんですが効かず。これが効かないのは珍しいんですが、続けてロピオンを点滴したら多少良くなりました。

夕飯くらいの時間にはなんとか復活しましたが、やっぱりしばらく活動していると、だるくなってきます。

今不調をきたす原因としては、ホスカビルかＧＶＨＤ関係だと思いますが、ハッキリしません。まあ明日は採血があるので、そこでまたＣＲＰ値とかＨＧＢ値を見れば何かわかるでしょう。

やっぱり原因不明の不調というのは気持ち悪いものですね。

不調が治ってくれるといいんですがね。

それでは今日はこの辺で。

Day119　ざれごと　10月26日

こんにちは、ワイルズです。

今日もまたホスカビルによる頭痛&だるさでダウン。午前中はまだ良かったのでなんとか活動してたんですが、昼過ぎをピークに。もう頭は爆発しそうなくらい痛みだし、身体はだるいわ悪寒はするわで、たまらずロキソニンを飲んで寝ました。

しかし寝ても治らないので、続けてロピオンを点滴し、ようやく軽減されたって感じです。で、これまたいつもどおりに夕方過ぎ頃には、比較的良好状態に戻る……と。

あと2週間近くもこんな状況じゃたまったもんじゃあないぜ、ってことで明日からロキソニンを常時服用して血中濃度を保ち、予め頭痛を予防することになりました(ん? 予め予防ってコレ、頭痛が痛いと同じだな……やれやれ)。

これでマシになってくれるといいんですが。

なんつーか最近思うのは、やっぱり病気の人間っていろいろ制限されるなーって話。

例えば今俺の月の小遣いは1万円で、これは高校生にしては十分すぎる額だと思うし両親にはまったくもって感謝しています。が、やっぱり時には月にそれ以上使うときがあるのね。つーか入院してからはオーバーしっぱなしだな。それもこれも東方が妖夢が……いやなんでもない。

幸いにして中学までの俺はお年玉だとかなんだとかを堅実に貯金していたので、多少赤字になってもそこから補えるんだが、それは結局「赤字」なわけで、その調子で続けていたらいつかは破綻するわけで。

ただ、もし普通の高校生ならこういう赤字になったときに、バイトでそれを補うという選択肢、いや「機会」があるわけなんだけれど、言うまでもなく入院していたり足に障害があったりしたらそんなのは不可能なわけで。

普通の高校生でも親が反対するだとか校則で禁止されているとかでバイトできないってケースも（というかそっちのほうが多いだろうけれど）あるんだろうけれど、それはあくまで「阻害」であって、その気になれば（ハイリスク・ローリターンではあるものの）隠れてやるなりできるんじゃあないか。「阻害」と「不可能」は違うよな、ってことです。

つまり結局のところ俺はおそらく身体と足が完治する数年後まで、ずっと「1万円」に縛られるんだろうなっていう話です。たとえ小遣いが2万3万と引き上げられたとしても、本質的な問題は変わらない。問題は「補う機会」が与えられているかどうかっていう話であって、いくら支給されるかという話ではないわけで。

そういうことを考えると、バリアフリーだなんだ言っているけれど、思いのほか世間というのは身体的弱者に手厳しいな、って、そんなふうに思ったりします。

中学時代、「完璧なバリアフリーは何か」「俺が完璧なバリアフリーを作る」なんて英語弁論大会でほざいてた小僧がこんなこと言うのは皮肉にしか聞こえないかもしれないけれどね。県大会でまで詭弁かましてたって思うとなんか申し訳ねーな。すみません。

言っておきますが、別に俺は現状に不満をあげているわけじゃあないです。ただなんとなく、そうじゃないかと思っただけのハナシです。まー、独り言だと思って聞き流してください。

なんか前も同じようなこと書いた気がしますが、結局人生で一番重要なのって「可能性」、あるいは「機会」じゃあないかってひしひしと最近思いますね。「可能性」も「機会」も失うってことは、要するに死ぬってことですよね、多分。そういう意味では今、俺は極めて生きている、とそう信じたいですがね。

♪

今まで失ったなかで最大の「可能性」、いや「機会」のほうか。はやっぱり、アレ、だよな……うん。

あの「機会」を失わなければ、おそらく全く、それこそ今の裏側にあたる人生にシフトしていたんだろうな。

そういう意味では、俺の意志をキレーに無視して「機会」も「可能性」も奪いやがった白血病がどうしようもなく憎くて憎くて憎くてしょうがないですね、まったく。

なんか最近ちょくちょく話題に出てくるこの「機会」ですが、正直こっ恥ずかしいので詳しく語る予定はありませんが、全く語らないと読んでる人も訳がわからないと思うんで、ライトに。

なんつーか、〝約35日目〟といったところですかね。そのあたりでセーブデータを消された、いやセーブデータどころかゲームカートリッジを叩き割られてしまいましてね。再起不能ってヤツです……フフフ。

ま、そんな戯言でした。

Day120　決心　10月27日

こんにちは、ワイルズです。

今日でDay120、移植からちょうど4カ月が経過しました。

当初の予定では3カ月程度で退院ということだったのですが、まあ予定は未定ってことで。何より医療の世界ってのはこういうもんですからね。同じように移植した人でも、8カ月とかザラですもんね（まあそれは流石に困るが）。

今俺が入院していなくてはいけない理由としては、
・サイトメガロウイルスの治療
・アデノウイルスの治療（自然消滅を待つ）
・血小板・赤血球の輸血からの離脱ができない
この3つなわけですが、こればかりはいつ解決されるか予想つきませんね。

サイトメガロウイルスはとりあえずホスカビルで動かせますが、血小板と赤血球の造血に関してはもう骨髄の回復を待つしかないので……。

逆に言えば、サイトメガロもアデノも骨髄が回復して免疫系が立ち直れば、連鎖的に回復するはずなので、結局のところ骨髄の回復待ちってのが一番ですね。

やれやれ……。


なんか、最近は比較的シリアスなことを書いている追記。

やっぱり俺はエンジニアじゃなくて研究医になります。もう決めました。

いや、エンジニアに未練がないわけじゃあないんですが、もし研究医をあきらめてエンジニアになっても多分力を発揮できないというか、100%で打ち込めない気がするんです。

それは逆も同じかもしれませんが、じゃあ何が研究医を選ばせたかっていうと、動機ですね。

エンジニアになりたいって動機は、ひと言で言うと単純に「憧れ」ですね。機械とか歯車とかカラクリとかを作ったりするのが好きなので、もっとデカいものを作ってみたいっていうそういう気持ちです。

対して研究医っていうのは、なんというか……ひと言では言い表せないです。二言三言で言うと、「使命感」「好奇心」「憎悪」を５：４：Ｘで混ぜたようなそんな感じですか。

使命感っていうのは、なんというか3回も白血病から医学で助けてもらったんだから、こりゃあそれに貢献しないといけないよな、っていう感覚か、あるいは3度も白血病で苦しめられた自分は白血病と闘う運命にあるというヒーローコンプレックスなのかもしれません。

好奇心ってのはそのままで、なぜ発症するのか？　どういう作用をもたらすのか？　治療はどのような原理に基づいているのか？　さらなる治療法はないのか？　といったそういう知的好奇心です。

もう悪い意味での今までの人生のパートナーみたいなモンなので、詳しく知りたいってのはまあ自然なんじゃないかと思います。

憎悪っていうのは昨日もそんなことを書きましたが、二度にわたって青春をぶち壊された恨みです。単純に。人としてこれほど自然な感情もないと思いませんか？

そんなことをここ数日いろいろ考えていたんですが、ようやく決心がつきました。

そしてそうなると、今までの自分じゃあ全然駄目だと知りました。

自慢じゃないですが、俺は結構勉強はできます。理数系を気取りながら文系のほうが良かったりするのはヘンな話ですが。ただ、それじゃあ駄目なんだって。全然駄目だぜ。

なんせ、白血病というのは太古から人類を苦しめてきた。数多くの名だたる医学者が、あらゆる手法で克服を試みているものの、いまだに倒れない。そんな相手なわけで。

そんなバケモノに挑もうってんなら、「勉強ができます」なんかじゃあ全然駄目だってことです。

「勉強なんかできて当然」「あらゆる方面から多角的にモノを見て、あらゆる分野を武器にして闘える」少なくともこれくらいが、白血病と闘う最低条件なんじゃないか。テストでトップ取って喜んでるような格じゃあまったくお話にならないと、ようやく気づきました。逆にそんなんで喜んでいた自分が恥ずかしい。世界が狭いにも程があります。

結局のところ、何をやればいいかって言えば全部やらなくちゃあならないってことです。芸術も機械も文学も政経も倫理も、無駄になるモノなんて何ひとつないわけで。すべてが将来の武器になるはずなんですから。

まあまた長くなりましたが、そういうわけで覚悟は決めました。ので……これからです。

もちろん休息は必要ですよ。中3のときの二の舞いになったらお話になりませんし。そういう意味では今第一に優先すべきは、言うまでもなく身体と心を治すことであって、決して無理をするつもりはないのでそのつもりで。

中3のときの失敗も今では武器です。あの一件のおかげで、自分自身のコントロールという極めて重要なスキルが大幅に伸びたわけですから。

（……けどお前、こんな大口叩いてこれからどうすんだよ？　アリストテレスなんて夢のまた夢だぜ）

（……ま、まあいいじゃん）

Day121　水の東西　10月28日

ワイルズです。こんにちは。

なんかまたサイトメガロウイルスの値が3・3になってました。まるでゴキブリのようなしぶとさ。

まあ、あと2週間はホスカビル入れ続けるんで、そのうち消えるでしょうがね。

まあそれ以外は特に何もありませんでした。相変わらず朝ロキソニンを飲んで、昼頃に頭痛が出てきてロキソニン＋ロピオンで寝て、夕方過ぎぐらいに起きて……です。♪

とりあえずウォーミングアップ気分で、数学と現国の復習なんか始めてみちゃったりしました。

もう1年の最初からです。この5カ月で1年生をもう1回やるつもりで。

数学に関しては、なんかこう問題を解いているうちにだんだん頭が数学モードになってきて、書くスピードが加速していって最高に「ハイ！」ってヤツだアアアハハハハハーームッ！　無駄無駄無駄無駄無駄無駄無駄ァーッ！　ってなるこの感覚が懐かしいです。

で、現国は何やってるかってまあ文章読んで内容を考えるってわけですが、当時の担任の先生の授業はちょっと特殊というか変わっていまして……。

中学時代の受験対策的な、やれこの指示語はこの節を指しているだこのキーワードはこれとの対比だといった、ただの内容読解ではなく（もちろん内容読解もやりますが）、どっちかというと本文に絡めた教養的知識というか、哲学的な話というか、そんなのがメインだったように思います。あくまで俺の感想ですが（でも多分先生にそれ言ったら否定するだろうけど）。

だから授業での話は、なんか国語をやっているというよりは哲学でもやってるんじゃないかという気がするくらいで、相当頭を回転させないとすぐ訳がわからなくなります（回転させてても訳がわからないときもたまにありますが……まあそれは教養か経験不足ということで）。

まあそんな感じなので、板書は少ない上に明らかに超重要ってところしか書かないので、内容を深く掘り下げて考えるためには聞いた話を自分なりに整理して、自分の言葉で短くまとめて書かないとなりません。

だから最終的に同じ授業を受けてもクラスメート一人ひとりでノートの内容はまったく違うものになる、そーゆー授業でした。

話の内容は、何かと歴史的背景やら哲学的な考え方などが絡んできて小難しく、最初の頃は眠くてしょうがなかったのですが（居眠りはしたくないので）、がんばって聞いているうちにだんだん「聞き方」のようなものがわかってくるのです。

ここは深く考える必要はない、ここは重要だから話の合間に考えて理解しよう、とかそんな余裕が出てくると、驚くほど話がわかるようになって、それからは結構楽しくなりました。ただ文章の内容をなぞっていくよりは遥かに面白かったです。

約1年間の現国の授業で聞いた話は、少なからず俺の価値観に影響を与えたと思います。なかでも一番大きいのは「物事を多角的に見ることの重要さ」ですかね。いろいろな話がありましたが、すべてを通して言えるのはこれだと思います。

そんな現国ですが、復習するとなるとまあまずは本文を音読して、黙読して、ノート見て……って感じです。1年半もブランクがあるとノートの内容もよくわからないんじゃあないかと思っていましたが、全然そんなことはありませんでした。まるで昨日授業があったかのように思い出せました。というか、実際そんな感覚になったり……「水の東西」、「4月15日」～「5月12日」の記憶はまったく褪せることなく残っていました。現国に限らず、高1の頃の記憶ってほぼそのままに残っているみたいです。それだけ楽しかったってことですかね。

まあそんな感じで、ぼちぼち頭に油をさしていく感じで。

英語や物理化学も順次始めていく予定ですが、しばらくは数学と現国で。何せ、長らく文字すら書いていなかったので、字がマトモに書けないんですよ。マジで。手が震える……というか、なんというか形がイビツになるんですね。中1のときもそうでした（当時のノートを見ると、今よりひどい）。

まあこれは書いているうちにすぐ元に戻るものなんで、2週間もあれば自由に書けるようになると思います。

それでは今日はこの辺で。

Day122　5年越しの　10月29日

こんにちは、ワイルズです。

今日はなんか朝4時半頃にトイレで目が覚めてから、いくら横になっていても寝られなくて、結局そのまま7時になってしまいました。なんつーか、結構な異常。

しかも7時に熱を測ると、37・8度……だと……実際のところ、体感的にはあまり熱があるとは思っていなかった（というか、最近は熱っぽいけど平熱だったりなんともないけど熱あったりと、アテにならない）のですが。

で、昼頃に測ると36・3度に落ちていたり。最近こういうふうに朝高くて、夜に近づくにつれて下がっていくというパターンが続いています。普通、熱って逆の動きするものじゃないでしょうか……。

♪

さて、昨日fattyさんから教えていただいたサイト「ゴンタ医科大学」について書きたいと思います。ググれば一発で引っかかります。

このゴンタさんは中3でＣＭＬ（慢性骨髄性白血病）を発症し、大学2年生で骨髄移植をしたそうです。ＣＭＬのことはよく知らないので、発症から移植までのインターバルがすさまじいと感じましたが、入院せずに飲み薬やインターフェロンで治療できるみたいですね。

で、面白いのが、ドナーとの関係が同じだということ。レシピエント：男性、ドナー：女性で、血液系統の細胞だけ性染色体がXX（女性）になっていて、かつ血液型がO→Aへ変わったこと。まあたいしたことではないんですが、なんか少しうれしい感じがしますね。

闘病記（すごい長い間書いてて立派です。この闘病記は……はたして）は、今日は移植が終わって退院するところまで読んだのですが、なんというか……共感しまくりでした。

まずは治療内容で。もう馴染み深い薬の名前がわんさか出てきて、その副作用の様子とかも身体がひしと覚えていたり。特に傑作なのは、移植前前処置でIV（静脈注射）する〝メルファラン〟という抗がん剤（前からの読者の方は見覚えあるかも……Day−2あたりの記事で出てます）を入れたときの独特の「臭い」と、その後に来る形容し難い吐き気とが、ああ世の中にこの感覚を共有できる人がいたのかと最高にハイってヤツだアー。

全体（まだ途中まででですが）を通して思うのは、正直かなり俺に性格というか発想が似てるな、ということと、すごい前向きだなということです。中3から大学生になるまで、インターバル無しで闘い続けながら気力が尽きないというのもまず驚くべきですし、特に辛い時期でもマジで前向き。常に前を見ていて、明るさを失わない。

あー、俺も見習わないと。

今日はまあ、特に何も……ありませんでした。♪

それでは今日はこの辺で。グラッツェ。

Day123　萌える経済　10月30日

こんにちは、ワイルズです。

今日は便の検査の結果、腸からはアデノウイルスが消えていたので、ガウンテック（部屋に入るときにガウンを着用する、逆無菌室状態。部屋の中からウイルスを持ち出さないのが目的）が解除になりました。まあ俺は何も変わらないのですが、親や看護師サンは楽になるみたいです。

それと、水曜日の採血によるサイトメガロウイルスの数値は合計で3（前回3・3と書きましたが、スマンありゃ間違いだった……実際は6でした）になってました。CRP値は相変わらず6弱と高め。多分熱っぽさ的な不調はコイツのせいじゃないんッスかねェ〜〜〜と思うんですが。

1週間半ほど前から、チック症状（目とか顔を動かさずにいられない症状。正直言葉で伝える自信はないので、知りたい人はググってください。感じやすい、傷つきやすいなど、優しい子に多いそうです）が始まって、ここ2、3日でもう、誰か助けてくれエエーッ！　め、め、目をッ！　飛び出るまで！　動かさずにはいられないんだよォォォーッ！　見えないッ！　前が見えないッ！　うおおおをををを という状態になってしまったので、たまらず精神科の先生に抑える薬をもらいました。

まあ、環境の変化は無意識のストレスになってるんだな……というのが自己分析ですが、いかがでしょうか。

♪

1Aに降りて、3AのKさん（ジョジョとかジャンプ好きの看護師さん、いつだかの記事に出てきたはず）と話せなくなったので、ああまた二次元の女の子と会話する生活が始まる……とか思ってたら……やっぱどこにでもいるんですね、そういう人ってのは。

彼の名はY川看護師。イケメン。正直、超……できる。なんというか、オーラが……ニュータイプとかコーディネーターが発するタイプのプレッシャーが……。

友人からギアッチョにたとえられたらしい。「クソッ！　クソッ！　根掘り葉掘りってどういうことだよクソッ！」と返したら「葉っぱ掘ったら破れて裏側に行っちまうじゃねーか！」と返ってきた。

「（Y川氏）流量は100でいいのかな？　かな？」「（俺）タオル替えてください」

「(Y川氏) だが断る」「(俺) ゆっくりしていってね!!」

……まあ、そんな感じの人です。正直、実際はこれより遥かにハイレベルですが。

やれやれ……面白いことになってきたなァーッ! そうだろアレルヤァァーッ!

まあ今日は、この辺で。さようなら。

←

円楽師匠、ご冥福をお祈りします。

なんつーか……小学生のときから当たり前のように日曜日にテレビで会ってた人がもういないってのは、スゲー妙な気分だぜッ! このオレはッ!

まあ、人はいずれ死ぬってのは当たり前のことなんだが……なんかなぁ……こういうのは、なんつーか……よくわからねぇよ。

76年間お疲れ様でした。笑いをありがとう。

Day124　黒い玉の危機感　10月31日

こんにちは。ワイルズです。

今日は朝からなんとなくというか結構だるい感じが続いていて、結局午後は夕方まですっと寝ていました。午前中はチマチマと(マーカーでの部分塗装なんで本当にチマチマと) リボーンズガンダムを作っていました。ちなみにだるさは結局寝るまでとれませんでした。

夕方からは、腹痛に見舞われてブスコパン（腸の動きを抑える薬）を入れたりしましたが、あんまり効かない感じで。これはＣＲＰ値が高いのは腸で炎症が起きているからじゃあないのか？　とか思ってみたり。月曜日の採血のときに主治医に相談してみようかと思います。

なお。チック症状は昨日処方されたリスパダールという薬を飲んだところ、だいぶ軽減されました。もっとも、まだ辛いレベルですが。

リスパダールについてググってみたところ、

「働き：気持ちの高ぶりや不安感をしずめるほか、停滞した心身の活動を改善する作用があります。そのような作用から、統合失調症にかぎらず、強い不安感や緊張感、抑うつ状態などいろいろな精神症状に用いることがあります」

らしいです。また、副作用に「眠気・めまい・立ちくらみ」があり、さらに降圧剤との併用ではそれらが強まるとありました。……降圧剤（アダラート）、がっつり飲んでるんだけど、大丈夫なんだろうか……。朝からのだるさというか、ぼーっとした感じは、これのせいかもしれません。まあとりあえずしばらく飲んでみて様子見、ですかね。

♪

なんというか、最近危機感を覚えています。

何かというと、精神的なもので、具体的にはうつ病が再発（というかまだ治ってはいないんですが）して悪化する、もしくはし始めているんじゃないかと。

言うまでもなく、入院生活はストレスが溜まります。でもそれは普通の日常生活と同じ程度のものじゃあないかと思います。朝の通勤ラッシュとか、緊張感とか。

あれ、意外に少ないな。なんて楽しい高校生活を送ってたんだよ。

まあとにかく、受けているストレス自体は一般的なもの（より多少多め）だということです。

ただ問題は受ける量ではなく、発散する量なのです。

普段の生活であれば、例えば俺の場合なら外で思いっきり暴れることもできるし、気分転換にSuica範囲外の遠くへ行ってみたり、美味いものをたくさん食うこともできます。要するにストレス発散量の上限は無いに等しいということです。

しかし入院生活の場合、ストレス発散量の上限というのは著しく下がります。少なくとも病院に友達のいない高校2年生の場合は。

ここでできる娯楽というと、ゲームかネットか読書かっていう、その程度です。確かにそれらを思い切りやれば、それなりにストレスは発散されるはずです。ですが、結局のところここには致命的に足りないものがあるわけで、それは人との交流です。

通勤電車には、くたびれたハゲのオッサンや、生意気そうな制服の中学生や、ジャラジャラしたヤンキィーやら、いろいろな人が乗っています。もちろん会話したりするわけじゃあありませんが、暇だから見ていると、その行動がなかなか面白かったりします。

学校に着けば、先生や友達と会います。朝のHR前には大富豪かUNOをやりながら他愛もないことを話したり、月曜日なら読み終わったジャンプを回したり（俺のだが別にかまわないしむしろ布教になると思っている）、部活のある日でPCを持ってきている日はH山やK田とゲームをやったり、とにかくいろいろな人といろいろな形で交流します。

実際のところ、これに勝るストレス発散法ってのはないんじゃあないかと。

ところが病院はどうですか。会話する相手は親か看護師か医者だけ。同年代の人間なんているわけもなく、俺が笑うのは愛想笑いしかない。話なんて合うわけもなく、俺が発する言葉は「はい」か「ええ」だけ。これが交流と言えるのか？　楽しいどころか、むしろストレスが溜まります。話したくもない相手と話すのって、イヤナコトじゃないですか？

最大の発散元で逆にストレスは増して、蓄積量は一次関数的に右肩上がり。たまに特に不愉快なことがあると指数関数的に急上昇して、戻ったあとも下がることはない。

とまあ、そんな生活を10カ月近く続けてきた結果、とうとう限界というものが見えてきた……というか、多分もう超えてる。

俺は自分の中に存在しているストレスを、「黒い玉」のイメージで考えています。中2～3のときに認識したもので、当時はビー玉くらいの大きさでした。ストレスは真っ黒でドロドロした液体のイメージで、ストレスを受けるとその玉に液体がかかって、表面をどろりと覆います。そうして大きさを増していきます。

この黒い玉は、極めて硬く密度も大きく、ハンマーで叩いてもロードローラーで押しつぶしても壊れません（そういうイメージ）。小さくするには、表面を少しずつ削っていくしかないんです。

高校入学時にピンポン玉程度の大きさだったのが、1月23日にはビー玉程度まで小さくなっていたように思います。ところが今は野球ボールくらいの大きさになっています。

この玉は、大きくなったからどう、というものではありません。別に大きくなって存在していても害はありません。多分この玉は、俺が「発散せず我慢して無理やり封じ込めたストレスの結晶」なんだと思います。ストレスのはけ口がないときは、仕方なくそれを黒い液体としてこの結晶に封じ込めることで、精神の安寧を保っていたのだと思います。

ただ、この玉が唯一影響力を持つのは、その許容値を超えたときなんじゃないかと。この玉は俺の精神に乗っかる形で存在していて、大きくなって重さを増すごとに俺の精神を圧迫して、最後にはつぶしてしまうのではないかと、そんなイメージがあります。その限界値というのがどれくらいなのかはわかりませんが。

長くなりましたが、要するに玉の重さが増して精神が押しつぶされ始めている、ということです。

なんつーか、もう限界……。それは今日の担当看護師があまりにもウザいという、小さなきっかけだったのですが、マジでもう限界です。どれくらい限界だったかはTwitterの履歴を見てくれればなんとなくわかるかと。

正直、かなり危機感を覚えているので、早急に精神科の先生に相談したいと思います。マジで、このままだと身体にも影響が出るし。

♪

今日はハロウィンでしたが何もありませんでした。トリックオアトリートなんて言う相手もいないですし。

それでは今日はこの辺で。シーユーアゲイン。

Day128　精神科の先生との話　11月4日

こんにちは、ワイルズです。

昨日、精神科の先生が病室にいらして、俺と母と先生の3人で少し話をしました。

一連の話を俺なりに解釈した結果を書きます。

内容はもちろん例の〝黒い玉〟について。

事前に先生にはあの記事を読んでもらっておいたので、説明は無用でした。なんというか、もうほとんど記事のなかで正解を書いていると褒められてしまったのですが、まあ実際そうみたいです。

ストレスに対応するには大きく分けて二つあり、一つは「人と交流して〝発散〟」する。もう一つは「好きなことをやったりして〝解消〟」することだそうです。

発散と解消の違いとしては、発散はストレスを文字どおり消し去ること。解消はストレスを目立たなくするというか、機能させなくすることです。

俺は今、〝解消〟の手段はいくらか持ち合わせていますが、〝発散〟の手段はない状態で、それは大変ですねぇという（問題かどうかはどちらともつかず）。

結局今とれる最善策としては、「これ以上のストレス蓄積をできる限り抑えること」で、点滴台をカーテンの向こう側に移動させて点滴チェックのときに顔を合わせないで済むようにしたり、あとは意識の問題ですね。

そして「黒い玉」についてですが、イメージはだいぶ伝わってくれていたようで、追加で「玉はどのへんに存在しているのか」などと質問されました。

そして最終的な結論として、この玉をどうすればいいかというと「暖める」ということでした。俺はこの玉がどこにあるかと訊かれたとき、「精神的な（物理的な意味ではない）中心」と答えたのですが、そこから先生が導いたのは「その玉は精神の中心に存在している以上、なくしたらさらに精神はバランスを失い壊れてしまう」ということでした。

その「玉」は今まで様々な局面で苦労して乗り越えてきた結果の結晶で、ストレスであると同時に精神において重要な働きをしているというか……、あれ、こんがらがってきたぞ。とにかく、消し去ってしまうべきものではないと。ゆえに「暖める」。

暖めることで、氷が融けるように表面の黒いものをなくしていけば、もしかしたらその下には極彩色の結晶があるのかもしれない。そんな存在であるということでした。

あまりにも抽象的すぎて、途中から何を意味しているのかよくわからなくなってくるような話ですが、とにかく重要な点は二つで、一つはさっきの解決策、もう一つは玉の存在意義だと思いました。

いやあ、やっぱり精神というのは難しいものですね。プログラムのようにこうすれば必ずああなるという考え方が通用しないので、正直俺は苦手です。でもやっぱりそこをしっかり理解して、コントロールしていかないと生きていけないので、やるしかないんですがね。

やれやれ、普通に生活していればこんな面倒は起きないんだろーが、まあそりゃしゃーない話ですな。


♪


インフルエンザ（季節型）のワクチンを打ちました。また、新型インフルエンザのワクチンは届き次第打つそうです。

で、ＤＬＩについてですが、早ければ来週にドナーからの採取を行い、今月中には行いたいとのことでした（採取したら、外部の機関に送って分離作業をやってもらうため）。

やっぱりサイトメガロウイルスは、金曜日の分で数値が6と上がっていたので、今日から予定されていたホスカビルの減量（1日2回→1回）は中止になりました。

やっぱりＤＬＩやらないとダメみたいです。

それでは今日はこの辺で。See you next time.

Day145　アニメ at 家　11月21日

こんにちは、ワイルズです。

昨日の夜に家に1カ月半ぶりに帰ってきて、今日4カ月半ぶりに自分の部屋（2階）に上がりました。

まず外に出た感想ですが、まあいつものことなんですが空気が違いますね。物理的な空気も精神的な空気も、消毒液で濁った病院のものとはまったく違う外の空気です。何せまったく出ていなかったので、気分は檻の外に出た動物。

♪

とりあえず今日は、起きてから2時頃までずーっと録り溜めたTV番組を消化。

前回の外泊からのハガレンとダーカーザンブラック外伝を全部イッキに観ました。面白すぎ。

それから、階段を上ってみたら意外とすんなりいけたので、これからは自室にも行けます。まあ、今は基本的に1階のリビングに常駐ですが。

その後はモンハン3のオンラインをぶっ続けで。1カ月半ぶりでした。まあ、とにかく何でも面白いですね。自宅だと。テレビも観られるし。

あと飯がうまいです。やっぱコレだよなあ……。インスタントとは違うよなあ……。

♪

まあそんな感じでENJOY中です。

それでは今日はこの辺で。

Day151　下手の横好き　11月27日

ちゃおッスWilesッス。

なんか今日は暇（ああ、実に素晴らしくそして悲しいことだ）なんで、昼から更新です。

というのも、ちょっと書きたいことがあったもので……。

♪

「下手の横好き」という言葉があります。この言葉はだいたいが悪い意味で使われるものですが、再々発してからはこの「下手の横好き」こそが人生なのではないかと思うようになりました。

人はおそらく、無意識のうちに「自分は死なない」と考えているように思います。人はいつ死んでもおかしくないものと頭で理解はしていても、納得はしていないのです。実際は明日死んだとしてもなんらおかしくはないのに。

だから人は余裕でいる。どんなことでも、今やらなくても「明日にできる」と考えてしまう。普通そういうもんです。1月の俺もそうでした。

けどいざ、「死」というものが眼前に迫ったとき、それは大きな誤りだと気づかされました。「死」は遠い世界のものではない。常に隣を歩いているものなのだと。そう気づいたとき、俺はとてつもなく恐ろしくなりました。何が恐ろしいかって、いつだかも書きましたが「可能性」が失われることがです。

生きていれば、人は無限の可能性を持っています。ピアノを弾く可能性、絵を描く可能性、海外旅行へ行く可能性。なんだってやろうと思えばできる。しかし、実際に人がやることは限られます。もちろん時間は有限だから、というのが最たる理由でしょうが、その裏には「明日にできる」という意識も隠れているのではないでしょうか。

そういう意識の下でいろいろなものを後回しにしてきたため、まだ俺のやっていたことはあまりに少なかったのです。そして可能性が失われれば、それはついにできなかったことになってしまう。そう考えるとあまりにも恐ろしく悲しい。ありがちな話ですが、失って（正確には失いかけて、ですが）初めて気づかされたということです。

やっておけば良かった。あれも、これも、「明日」でなく「今」やっておくべきだった。「下手の横好き」でいい、とにかくいろいろな可能性を試してみるべきだった。そんなふうに後悔しました。

でまあ、結局可能性は失われずに済んだわけですが（とーぜんだ）、そういうわけで俺は下手の横好きでいいので、いろいろなことを試してみようと思ったっていう、それだけの話です。

ああでも、本筋だけは「下手」では終わらせるわけにはいきませんがね。

♪

久々に長文書くとバラバラだなー。何言いたいのかよくわからんぜよ……。『羅生門』の感想も結局放置してるし。でもとりあえず今は数学と数理基礎のテストやんないと……。

それではさよならッス。

↑

学校始まっても、90秒ドローイングだけは毎日続けるぞーッ。

ディ・モールト上手く描けたときの快感は異常。

Day153　JOI参加申し込み完了！　11月29日

こんにちは、ワイルズです。
えーと、なんというか、あのですね、JOI参加申し込みしちゃったZE☆
JOIとはなんぞや？　というと、日本情報オリンピックの略で、情報オリンピックというプログラミングの世界大会の日本予選です。今回申し込んだのは、その国内予選です。
好成績を取ると、大学の試験免除とかいろいろあるらしいです。グへへ……ってそっちの道に進む気はないけど。

ルールは、制限時間3時間の内に、プログラミングの問題計6問（1問20点、合計120点満点）を解くという至ってイージーなものです。

問題番号によって難易度が決まっていて、個人的には、

問1〜問2：ウォーミングアップ的な何か

問3：標準的な何か

問4：ちょっと手ごたえのある何か

問5〜問6：（沈黙）

という感じです。去年出場したときは問3でギブでした。

ただあれから1年、それなりに修業を積んできたわけで……。今年は過去問解いてみる限り、問4までは8割方いけるはず。問5と問6？　ククク……人生、時には「あきらめる」ことも必要なのだよ……。

というのは、今回は問1〜問4を確実に正解することを目標にしようと思ったからです。解けそうといっても、あくまで過去問からの予想で、たまたま苦手なタイプの問題が出たりすることもあるわけで。じゃあ無理に問5以降にチャレンジするよりは問4を確実に取ろうというふうに考えたわけです。おお実に保身的。

つーか、JOI予選は別に学校単位でなくても個人で参加できるというのを今日たまたま知ったので、もっと早く知っていれば……特に何かしたわけでもないと思うけ

ど。予選は、会場でやるとかじゃなくてネット経由で行われるので、自宅でもできるというわけです。

とりあえず'07年と'08年の問4をやってみたら、おおすんなり解けたぞ……みなぎってきた。

にしても、やっぱり年度によって差がある気がする……。'07年はもうこれ問2でいいんじゃね？ って感じだけど、'08年のは問題文読む限りではパチュリー、ウッ！ ってなりそうな感じだし。まあ苦手な座標系の問題だっていうせいもあるんでしょうが。

けどまあ、1年前はウッ！ で終わっていたのが、今はちゃんと題意取って正解組むところまでいけるようになったから、んん～～いいんじゃあないか……？

なんか、問題を解いたのすごい久しぶりだったんで、面白いなあ～～。

やっぱこう、入力データを突っ込んで、正解が吐き出されたときの快感がたまらねえよなああ～～。

本番でもこんな感じでスラリと解けるといいんですが、氷を割るみたいに再帰とか出てきたら……ってこれも再帰使ってるか。

ああ～～楽しみ、だけどキンチョーするぜええ～～。

目標、80点ッ！ Bランクッ！ 来年はAランク取れるものなら取ってみたいッ！

♪

それでは今日はこの辺で。

さようなら。

Day155　始動？　12月1日

こんにちは、ワイルズ（脳年齢30歳）です。

なんか、外泊が始まってからずーっと腸の調子が悪いです。いやダジャレじゃなくて。

テレビでコマーシャルやってるＢＩＯのヨーグルトでも食べようかなあ……。

今日も今日とてＮＥＥＴ生活!!　もはやカレンダーの赤黒青は俺には関係ないのだアアアハハハハーッ！

といってダラダラしつくしていては、人間堕ちるところまで堕ちてしまうわけで……。なんだかんだで、復学が近づいてきているわけで、流石に1日中ってわけにもいきません。

そこで、始動！　とりあえず1日にやることの目安を紙にWRITE DOWNッ！

紙にリストアップすると妙にやる気が漲ってきますよね。やることってーと、
プログラミング（独習Ｃ++、ＪＯＩ）

グラフィック（90秒ドローイング他）
勉強（英数国物化の復習）
その他（脳トレ他）
こんなところですね。
俺の悪い癖は、何かにハマるとそればかりで他が疎かになることなので、こうしてリストアップして均衡をとらないとならんのです。
というわけで、とりあえずＪＯＩが終わるまではこのリストで試してみることにしました。
復習は、まだ1学期中間まで終わっただけ。
あと、いろいろやってて気づきましたが、なんというか集中力持続時間が短くなってる。入院中っていくらでも時間があるから、逆に短時間で何かにグォーッと集中することが少なかったから、そのせいだろうか……。まあ、やってるうちに戻るだろう。多分。

Day156　無駄だから嫌いなんだ　無駄無駄……　12月2日

こんにちは、ワイルズです。
ええ、はい。入院です。２週間。

サイトメガロウイルス値が5になっていて、日帰り（1日1回のホスカビル点滴）は外部接触の機会が多く、病棟内にインフルなど持ち込むのが怖いのでナシということで。

まあ……うん。こういうもんだよ。うん。

だから「期待」なんかしなければ良かったんだ……。人は……少しいいことがあれば……調子に乗って「また」などと考える……。

無駄なんだっ……あまりにも無駄っ……！　「期待」することほど無意味無価値無意義なものもないんだっ……！　先のことなど誰にも知れない……。存在するのはただ過去の「結果」のみ……。見えもしない先のことを……「未来」などと考えることほど無駄なことはないんだっ……。無駄無駄無駄……っ！

だのに人は「期待」する……。「もしかしたら」などと、空虚な幻想を描くっ……。愚行甚だしいんだっ……！　くだらない……ふざけるなっ……！　「無駄」なんだよ……そんなものは「無駄」なんだっ……！　結局、あとに残るのは……空回りした現実っ……。幻想など……ガラス細工よりも簡単に砕け散ってしまうんだ……！　愚かしい汚らわしいっ……！

また部屋に鍵をかけられず……生活時間を管理され……常に監視される生活に逆戻りっ……。ふ　ふふ　ははははははは　あはははははははは　あははあはあはあは──ッ！

いいさっ……やってやる……２週間っ……！　ただ嘆いてるだけは……土壇場で何も行動できない「敗者」っ……！　嘆くだけ嘆き……そして堕落していくだけの負け犬っ……！　真に「勝者」となるには……常に最善の道を……行動することっ……！　やってやる……やってやるっ……！

♪

まあそういうことで、初期に悟ったはずだった「今を生きる」をすっかり忘れていた自分が情けないです。

で、２週間となると13日のＪＯＩですが……まだ保留です。

競技時間中だけ外出許可をとって家に戻れればそれで参加できるのですが。

結局ウイルスは「いつ消えるか」でなく、「いつ消えたか」……それだけですね。未来のことなんて考えるだけ無駄無駄無駄無駄……。

それでは今日はこの辺で。

←

新しいスキャナ買って、今日届くはずだったんですが、なんという皮肉。

神様はやっぱり敵だったようです。正直一発ぶん殴らないと気が済まない。

Day157　能力はいくらあっても　12月3日

こんにちは、ワイルズです。

今日はホスカビル治療以外は何もなし。

昨日午後から寝るまでにかけて発生した恐ろしい頭痛の影響か、起床は10時。遅すぎ。

外泊で足がだいぶ戻ったおかげか、風呂も普通にいけました。

例のＢＩＯのヨーグルトも食べ始めたので、腸も改善されるはず。

♪

ネットがまともにできない状況なので、もうひたすらリストの消化消化消化。

ようやく数学の１学期中間をやり終わって、１学期中間までは全部終わったと思ったら、次は1学期期末に加えて科学技術基礎とか。なんだこれ。カギソは……やらなくていいと思うよ……そうだよどうせ忘れちまうんだ、うんやらないでいいよ。うん。

なんというか、物理の衰退具合がやばすぎる。

なんかもう計算途中で明らかにどこか間違ってることに気づいてウワアアアーッってなることが多すぎる……。

たいてい符号間違えてるか、ひどいときは値書き写し間違えてる……。

機械科推薦としてこれはやばい……。

あとは英語とか現国やってて気づいたが、なんかロレツが回らない。前ははっきり発音できてたのに……どういうことなの……。NHKラジオ全然やってねーな……。4月2週目から止まってるとか三日坊主にも程がある。明日、本気出す。

まあ全体的には、やっぱり1回やったことなんでやればだいたい思い出せるんで良かったです。あの頃は、なんか希望に満ち溢れていたなあとか思いつつ……。

それでは今日はこの辺で。

Day157_2 『羅生門』感想 12月3日

『羅生門』の感想とか書いてみた（〜描いてみた的なノリ）。

私がこの『羅生門』を読んで最も感じたことは、人が生きるとはどういうことか、ということだった。この作品において、仕事を失い途方に暮れる「下人」は、当時の人々のみならず、現代の不況のなかの人々をも象徴しているように思えた。

下人の「生きるために悪事をはたらくか、それとも飢え死にするか」という迷いは、こういう状況に置かれた人間なら当然至るものだろう。誰だって飢え死にするのは嫌だし、かといって悪事をはたらくのは良心の呵責（かしゃく）から決断できない。この考えを堂々巡りしている下人の姿は、とてもリアルだと思った。

普通の人間なら、おそらくこの問いに答えは出せないだろう。しかし、この作品で下人は答えを出してしまう。すなわち、悪事をはたらくことで生きていくという答えである。なぜ下人がその答えを出したかというと、もちろん「老婆」の存在があったからである。

死体の髪を抜く老婆とのやりとりが、下人にどのような影響を与えたのか。それは、老婆の主張する「生きるためにする悪事は許される」という考え方だろう。

老婆は、自分が髪を抜いている女も、生前生きるために悪事をはたらいていたのだから、自分のすることも許してくれるだろう、と下人に言う。下人はそれが老婆の詭弁だとわかっているのだが、その理屈からすれば自分が老婆に対して強盗をはたらこうが老婆は許してくれるだろうと、老婆の理論を逆手にとる。そしてついに下人は、先の問いの答えを出し、老婆から着物を奪って夜の闇へと消えていく。

このとき、下人はいったい何を考えていたのだろうか。先の問いで、悪事をはたらくことを選べない理由としては、その相手に悪いという申し訳なさがあるだろう。しかし、老婆の言う「相手もまた生きるために悪事をしていたなら、こちらの悪事も許してくれるだろう」という考え方は、その問題を解決する。相手にしてみれば自業自得ともとれるのだから、許されて当然だろうという、自己中心的な考え方である。下人はこの考え方に納得したため、盗人になるという道を選んだのだろう。

しかし、この理屈からいうと、下人はこの後、多大な苦労をすることになるだろう。なぜなら、盗人のターゲットとなる、悪事をはたらいている人間を見つけることが、非常に難しいからだ。人が悪事をはたらいているかなんて、一概には判断のしようがない。もしそうでない人間をターゲットにしてしまえば、先の理屈は破綻してしまうだろう。

つまり、下人が盗人になるというのは、簡単そうに見えて実は非常に難しいことなのである。これは、下人が盗人になるという限定的な意味ではなく、「人が悪人になることは難しい」ということを暗示しているように思える。

それでも下人は盗人の道を選んだわけである。これを単に自己中心的な逃避ととってしまえばそれまでだが、私はここに「人の生きようとする意志」というものを感じた。何をしてでも生きる、悪人になってでも生きるという、冷酷ともとれる強い意志は、単に批判されるだけのものではないはずだ。

極限状態のなかで、人は生きていくために悪人になれるのか。その大きな問いは、昔も今も変わらない。その善悪も、決して一面的に決められるものではない。はたして人が生きるということに、善悪はつけられるのか？　下人という代表を通して、この作品はそれを伝えようとしたのだと私は思った。

多分本当はもっといろいろ深いところがあるのでしょうが（それこそ「こくとうと

うたる―なぜか変換できない―夜」の闇のように）、俺にはこれが限界です。純文学は苦手なんですが、『羅生門』は好きだな～。全体に漂う重苦しい異世界感が独特すぎる。読み込もうとすればするほど底が見えなくなるような素敵小説ですな。

Day158　貧血　12月4日

こんにちは、ワイルズです。

なんか今日は朝からぼーっとするというか、なんとも言えない不調（不調と言うのもしっくりこない、集中力が異常に低下しているような感覚）です。それでも奮い立って数学やら化学やらなんとかやってたんですが、昼過ぎに先生が来て言うには、HGBが低い（6・7）ので集中力が落ちたり頭痛がしたりするとのこと。HEY……そういうことは早く知りたかったんだぜ……。ということで、今日は赤血球を輸血することになりました。PLT（血小板数）も1万8000とかなり低いのですが、1万5000を下回らない限りは入れないで様子を見るとのこと。ここが底で、ここから上がっていってくれると有り難いのですが……。

というわけで、もう集中できず効率も何もあったもんじゃないので、ペンを置いてPCに向かっている次第です。けど結局何だろうが集中できないから、PCやってようが関係ないし。この文章の意味不明さがまた集中力のなさを物語っています。

書くことないので今日はこれだけです。

それでは。

(追記)

輸血したら元気になりました。

Day160　これがJOI '08年の問5の性能だというのか　12月6日

こんにちは、ワイルズです。

今日も特に何もなかったです。

まあ、頭痛とか出てくるよりはマシですが。

腹は相変わらずゴロゴロゴロゴロゴロ……拍手でヤクルトを勧められたので、明日買ってきて飲み始めてみようかと思います。

今日は漢字と数学をやり終わったあたりで、日曜日特有の1週間の疲れがブワッと振りかかる現象に襲われたので、勉強は放棄。つーか多分二次関数のグラフ書きすぎた。まあ日曜だしいいかってことで。

そんで、かといって特に巡回するサイトもなかったんで、JOIの過去問をサクサクと。残すは'08年度のみだったので、今日で終わらせるぞーくらいの気持ち……だったのですが……。

いや、ちゃんと順序立ててやればいけるんでしょうが、軽い気持ちで手を出すともう大変。途中で、つい3分前に自分が書いた式を見て「これなんだっけ……」となる始末。

1時間半くらい粘ったところで脳がクラッシュしてリタイアしました。これは今日はもう無理だな……と。

冷静になってからリベンジします。

Day161　ANTI GOD　12月7日

こんにちは、ワイルズです。

今日は採血以外特に何もなし。

採血結果は、PLTが1万5000まで下がっていましたが、ギリギリ輸血しない範囲だったので、保留です。最後に輸血したのが2週間前だから、かなりもっています。まあでも、そろそろ限界かな？

HGBは8・1でした。こっちは下がってくると具合が悪くなるので、下がり次第輸血するそうです。

♪

ふと思い立って、何年かぶりに「終わらない鎮魂歌を歌おう」を見ました。

最初に見たのは小学生のときだったんですが、なんか'08年にリメイクされてたみたいで、絵が変わってましたね。腋出し服って流行ってるの？

いやあ、まったくいい話だな。

ぜひ、ググって見てみてほしいです。

♪

よく、「神は平等だ」とか「神は誰をも愛している」とか言うけど、アレって真っ赤な嘘だと俺は思います（神様がいるという仮定の下で）。

だって神様って、理由もなく子供を殺したりするんだぜ？　それもがんばっている子供を。罪もなく未来に向かっている子供を平気で奈落の底へ落としたりするんだぜ？　そういうのたくさん見てきた。

それは「試練」だ、とかいうけど、当事者からすると試練もクソもないって感じだと思います。確かにその「試練」を乗り越えた結果、何らかの力を得るケースもあると思います。けどそれってただの結果論じゃないですか？　望んでもいない「試練」で命を落とす人間がどれだけいると？　理由なき暴力を都合のいい言葉で正当化してるだけじゃないですか？

「平等」！　これほど笑える言葉もありません。ではなぜ、俺は今学校にも行けず病院に閉じ込められ、指をくわえて外を見ているのでしょう？　なぜ俺と同じ病気で、同じような治療をしても、治る人間とそうでない人間がいるのでしょう？　「人はみな平等だ」なんて俺は認めません。

結局のところ、神なんて存在しない。いたとしてもろくでもない存在でしかない、と俺は思います。あくまでも俺の意見なので、そこのところ誤解のないように。

死後の世界で神に会えるのなら、ぜひ一発思いっきり殴りたいと思います。

だから神頼みなんて絶対にしてたまるかって思います。神頼みなんて、結局人の弱さでしかないはず。自分の力でなんとかするしかないんです。

常にアンチ・ゴッドでいたい。自分の強さだけを信じて頼れる、そういう人に私はなりたい。

Day163　2nd birthday　12月9日

こんにちは、ワイルズです。

今日はとうとうＰＬＴが１万５０００を切ったので、輸血しました。

最後に輸血したときから２週間もったので、まああの結果ではないかと。

ヘモグロビンのほうはまた下がってきたので、明日あたり入れるかもしれないです。

♪

特に何もないというか、いつもどおりでした。

今日で入院から1週間経ちましたので、あと1週間でとりあえずホスカビル治療終わりです。

JOIもあと少しです。

♪

本日は俺の2度目の誕生日です。

4年前の12月9日、1回目の骨髄移植をしました。今回のRIST（ミニ移植）とは違い、そのときはフル移植だったので、前処置の強さは今回より遥かに強く、移植当日は抗がん剤と放射線（今回の6倍）でボロボロでした。

そして移植後、12月下旬にもう本当に死と生の瀬戸際（意識を消されていたので自分では覚えていないのですが）に立たされて、なんとかこちら側に戻ってこられたのですが……。透析や高熱など、尋常じゃなかったらしいです。多分今までの人生のなかで（というかこれからのなかでも）最もあの世に近づいた瞬間だったと思います。

で、GVHDやなんやで大変でしたが、Day70くらいで退院しました。ストレスからくる自律神経失調症になり、頭痛などがひどかったので、退院させたほうが精神的にいいだろうということでの措置でした。

でもまあ、退院後も正直修羅の道だったように思います……。ハッキリ言って、中学時代に学校ではあまり良い思い出はないですし（まああるにはあるけど）。やっぱり移植後の体というのは、実際のところモロいみたいです。それでようやく普通の体になってきたな……というところで今回の再々発なわけですが。

あとは、精神的にも相当やられていましたね。4年経ったので、今は結構いろいろと割り切ったり、自分で自分をコントロールしたりできますが、当時は結構それができませんでした。うつ病で、中3の3分の1くらいは学校休んで1日中ニコニコやったりしていましたね。まあ、あの休息があったから高校生活に移行できたんですが。

さて、もう1回目にもらった骨髄は破壊されてしまいましたが、その記憶は確かに魂に刻み込まれています。

1回目、2回目含めて命のつながりというか、そういうものなんで、ドナーさんには感謝しています。

これから待つ道は修羅か茨か、けどまあ、なんだかんだで乗り越えてしまうんですな。これが。

♪

それでは今日はこの辺で。

ハッピーバースデイ俺。

Day167　近況報告&JOI終了　12月13日

こんにちは、ワイルズです。

ここ数日更新がなかったのは、高熱を出して寝込んでいたからです。おとといの早朝にすさまじい悪寒で始まり、最高時は39・8度と移植直後以来の数値を叩き出し、ああこれはJOI終わったなと思っていたのですが……。

今朝、復活。『運命は逆転』するッ！　ざまぁねぇなスカーレットさんよおおおおォォォォォ。

ということで、今日になって熱が下がったので、なんとかJOIは参加できました。

ただし、今週末予定していた外泊はもちろんパーです。

ただ、熱と一緒に急激に悪化した腹の調子は相変わらずなんで、もうこっちはひどい。

腹痛で苦しんでいるときは、すさまじい怒りを感じました。白血病に対する。そもそも何もかも白血病が悪いんじゃあないかフザけやがって、なんでこんな目に遭うんだチクショウ××××てやるゥアアアアって感じに。負の感情をプラス方向に変換する程度の能力、修行が必要ですね。

♪

さてJOI予選本番でした。

まず、今回はなんかサーバートラブルがあったらしく、開始30分で接続できなくなるというアクシデントがあり、終了時刻が16時から18時に延期になりました。多分アクセス過多によってサーバーが落ちたのでしょうが、事前に予測できるんだからこういうのは防がないとダメっすよねぇ。「情報」オリンピックなんですから……しっかりしてもらいたいです運営。

結果は17日頃に発表されるそうです。ミスがなければ（ないはずなんだが）、Aランクは行く……よな？　べ、別にAラン（自分で書いててキモくなったので削除）

♪

それでは今日はこの辺で。

Day168　腹……　12月14日

こんにちは、ワイルズです。

腹がもう大変なことになっています。

具体的に言うと、これ以上悪くはならないところまで悪くなっています。

検査の結果、アデノウイルスなどは検出されず、一番疑いが強いのはサイトメガロウイルスが腸内に入っているとのことです。サイトメガロウイルスがあるかどうかの結果は、１週間かかるとのことです。

あまりにも下痢がひどすぎてとても眠れないので、下痢止めを出してもらいました。

まあ、焼け石に水みたいなもんなんですが……。

今日はこの辺で。

Day173　熱……　12月19日

こんにちは、ワイルズです。

ここ数日、もう熱で最悪な状態です。

だいたい午後3時頃からすさまじい寒気が来て、6時頃に寒気が治まると熱がグーンと上がっているという毎日です。

昨日、40・6度と最高記録を更新しました。

解熱剤（ボルタレン）でなんとかしのいでいますが、流石に体力もなくなってきました。

原因は何かの感染症とのことですが、まだ何かわかっていません。治療は、抗生剤や免疫グロブリンやノイトロジン（白血球を上げる薬）です。

年末は家で過ごせるのかよ……という感じです。

世間はクリスマスやらなにやらで楽しそうですね。妬ましい妬ましい妬ましい……。

Day178　メリー……　12月24日

クルシミマース……。

こんにちは、ワイルズです。
・ロペミン（下痢止め）を切ったら腹がやばいことになったので再開した
・ＣＲＰは横ばいだった
・明日マルクをすることになった
・熱は上がっていないがモノが食えない
こんなところです。

なんかダメですね最近……。

病院にいることで精神がすり減ったのか、何をするにもやる気が出ません。ただなんとなく起きてぼーっとあてもなくネットをさまよい、気づいたら同じところをぐるぐる廻っていたり。

家に帰れば、活力が出ると思うのですが、ＣＲＰは……。

頭のなかでちょろちょろっとやると、まあ途中になってる二次関数は抜けてないし、仮定法もギリギリとどまっているのでなんとかなりそうですが、なんか気分悪いですね。

ＪＯＩのコード書きなおそうか（問３）とも思ったけど、気力が……ＨＰ半分、Ｍ

Ｐゼロといったところでしょうか……。

こんな暗いクリスマスがあっていいのだろうか……。

ベリークルシミマース……。

Day182　外泊、外泊ゥ！　12月28日

こんにちは、ワイルズです。

本日、ＣＲＰは3とまだ高く、主治医の先生は明後日まで病院にいたほうがいいと仰っていたのですが、説得して今日外泊できることになりましたアッー！

ああ……ようやく帰れる……。もう部屋に誰も入ってこないんだ……。ひとりになれるんだ……。こんなにうれしいことはない……。

帰ったらゲーム三昧です。

それでは。

Day184　復学のこと　12月30日

こんにちは、ワイルズです。

いやあ、やっぱり家はいいですね。

♪

実は今というか最近、復学のことに関して結構悩んでいます。

入院当初の予定としては、来年春から高校2年生として復学する、ということで、ずっとそのつもりでやってきたんですが、正直最近それは無理だと感じるようになりました。

というのは、入院が当初の予定よりも遥かに延びたことで、春からだと身体がついていかないだろうということです。体力とか免疫力とかもそうなのですが、現実的に考えて一番ネックになるのはやっぱり足ですね。最近は話題に触れていませんでしたが、ハッキリ言って麻痺は全然改善していません。

また、病み上がりでいきなり2年生として復学するのは、キツいと思うのです。仮に身体が万全だったとしても。

うちの学校は2年生になると分野ごとにクラスが分かれて、それぞれの専門授業が始まるのですが、レポートも1年とは比べ物にならないらしいし、実習では夏の暑さのなか、溶接やったりも（去年体験授業的なものでやりましたが、かなりキますね）するそうなので、カンが鈍った状態で戻ってもついていけない気がします。

じゃあどうしようかというと、今考えているのは、来年度もう1年間休学して身体を万全にして、その上で再来年から高校1年生として復学するということです。休学は2年間まで（だったと思う）なので、これが今考えられる最も慎重で安全な方法じゃないかと思います。

まあそんな感じで、復学をどうするかという点は、結構悩みどころなのです。本当は、本来の同級生と一緒に卒業したかったんですが、それはもう非現実の夢になってしまったので……。そう考えると、本当に白血病は憎いですね。だから、もういっそのこと、すべてゼロに戻して1からやり直すのがいいんじゃないかと思うのです。

そうすると高校生の間に成人することになりますが……。まあ人生はそんなに急ぐ必要もないので。

♪

ホント、いつ退院できるんでしょーね……。

今後の予定としては、年明けにDLIをやって、その後は1カ月経過観察して……という感じなのですが、ウイルス関係はそれでいいとしても輸血離脱はいつになるのかわからないんで、先が見えません。まあ、先を考えられるだけでも十分と思うべきなんでしょうが……。

それでは今日はこの辺で。

←

でも1年間休学って。その間、病気治療の名目もないしモノホンのNEETだなあ……まあそれも人生経験ということで。

秋葉原に行ける程度の足が戻ったら、とにかくVISIONの交流会とかに行きたい。

あとどうせ時間が有り余るだろうから京都とか鎌倉とか行きたい。

こういう夢を見られるというだけでも奇跡なんですがね。

2010年

Day186　明けましておめでとうございます　1月1日

明けましておめでとうございます。

大晦日（おおみそか）はファイナルファンタジー（FF13）やって、夜はガキの使いを観て爆笑したりしてました。

さて、年が明けてついに2010年になってしまったわけですが、まあ特に何も変わってはいませんね。

今年はいったいどういう年になるのか……。まあ、少なくとも2009年よりはマシなことは間違いないですね。

今年の抱負とかそういうの全然考えてないんですが、とにかく身体をなんとかすることに尽きますね。せめて秋葉原までひとりで通える程度の足はないと、VISIONの交流会にも行けないですし。旅もできませんし。

はたして学校についてはどうなるのか。退院したら学校の先生と相談ですね。そもそも、その退院がいつになるのかはいまだに見えないわけですが……。

まあいろいろと問題は山積していますが、とにかくひとつずつ潰していくしかないですね。今年1年間は壮大なリハビリ計画くらいの気持ちで臨んだほうがいいのですかね。

去年はもう、おそらく今までの人生のなかで一番大変な時期だった気がしますが、それを乗り越えられたのも、皆さんの励ましがあったからこそです。誠に感謝しています。今年もまた挫けたりすると思いますが、どうかよろしくお願いいたします。

↑

あとちょっとで1年経つんですよねぇ……。

去年の今頃はもう生活が軌道に乗り始めて最高に楽しかった記憶があります。

ホント、憎いですね。白血病は。

この憎しみも生きる原動力のひとつになっているんですがね。だから勝てたのだとすると、皮肉極まりない話ですが。

Day189　近況報告　1月4日

こんにちは、ワイルズです。

外泊中は特に体調も変わらず、のんびりまったりと過ごしていました。

前回の血液検査でＣＲＰも減少傾向だったので、かなり良い状態になってきているのかと思います。

家だとストレスがたまらないので、それが何よりの薬になっているのではないかと。

おとといRight-onの福箱を買ってきてもらいました。ダウンジャケットとかライダージャケットとか、５万相当が1万とかどういうことなの……。これが正月の力だでも外に出るときでもずっとパジャマだったのを見直し、家でも外に出るときでも私服でいることにしました。理由はやっぱり気分ですね。パジャマだといかにも病人病人している感じで、暗いというかなんというか。普段の服を着ていれば、気分もあの頃のように明るくなるのではないかということです。

で、驚いたのはウェストがハンパなく細くなっていたこと。まあ骨と皮状態なので当然と言えば当然なのですが、ジーンズが大変なことに。ベルトで思いっきり締め付けないとズリ落ちてきます。

それに足全体が細くなっているので、なんかスカスカするというか布が余っているというか……。

服に伴い靴も普通のスニーカーを履いてみたところ、おや、履けるではないですか。もちろん足の感覚がないので、かなり違和感はありますが、サンダルより遥かに歩きやすいし。

とまあ、こういう感じで確実に心も身体も快方に向かっているわけですが、はたしてこれがいつまで続くか……。とにかくＤＬＩですね。そうしないといつまでもウイルスやＣＲＰの恐怖が拭えませんね。

それでは今日はこの辺で。

さいなら。

Day191　DLI実行　1月6日

こんにちは、ワイルズです。

本日、前々から予定していたDLIを実行しました。

GVHDなどが（確率は低いものの）心配されるので、今日は泊まりで様子を見るとのことです。

あと、来週の14日に舌の白板症らしきものの切除手術をやることになりました。

局所麻酔で済むらしいですが、舌だから物が食えなくなるみたいで嫌ですね。

まあ、ほっといたらガンになるかもしれないので、さっさと取ってしまったほうがいいですね。

短いですが今日はこの辺で。

それでは。

Day197　第一誕生日　1月12日

こんにちは、ワイルズです。

まずは土曜日〜今日までの報告から。

土曜日の朝起きてから、約2時間ほど腹の激痛に叫び声をあげ、病院へ戻ろうかと思いましたが、あんな場所に戻るくらいなら痛みに耐えているほうがマシだと、結局戻りませんでした。

痛みは治まりましたが、それからずっと腹の調子が悪いです。ひどい下痢で、多分下痢止めと正露丸がないともう普通に生活できないくらいです。

原因は不明ですが、時期的に考えてDLIの影響かと……。もしくは、腹風邪が流行っているとのことなので、それかもしれないです。金曜日の採血では、またCRPが上がっていましたが、おそらく炎症部分はこの腸だと思われます。

腹以外は特に不調はなく（頭痛はもうスタンダードということで）、本当に文字どおり朝から晩（朝方）までFF13をやってました。進むにつれて面白くなっていくのでやめられないでござるの巻。今12章の最後のほうです。ボスが強すぎてリスタートしまくりです。

ここまでゲームにハマったのは久しぶり……というか初めてかもしれない。

♪

今日は俺の最初の誕生日です。

まあ、（鍋）パーティは昨日やったんですが。

これで晴れてセブンティーンです。因数に含まれていると吐き気がする素数だぜェーッ！

シックスティーンはもう最悪の時代でしたが、セブンティーンはどうなるのでしょうか。もう体調的に春の復学は無理と確定しているので、1年間まるまる自由時間となるわけなのですが……それがいいことなのか悪いことなのか。

学校通って忙しかった頃の自分からすれば、なんてうらやましいんだと言いそうですが、実際は学校通っているほうがうらましいんですがね。

この1年は孤独との戦いか。

逆に考えれば様々な力を高める機会ともとれますが、まあそうとっておきましょう。ひとりで電車に乗れるようになれば、行動範囲も広がって新しい世界も見えてくることでしょう。

まあそういうわけで17歳になりました。

それでは今日はこの辺で。

Day199　舌の手術　1月14日

今日は舌の手術をしました。

1センチ四方程度の白板症らしきものを切除する手術です。

局所麻酔でやったのですが、まず麻酔の注射が結構痛かったです。

患部を取り囲むように3箇所打ちました。でも実際もっと痛かったのは舌をつかんで押さえている手のほうだったんですが。

麻酔が効いたあとは、特に何もなかったですが、縫ってるときに麻酔がかかってないところに針が刺さって、かなり痛かったです。

終わったあとは、血が止まるまでガーゼを噛んでいました。血小板が少ないので血が止まらないことが心配されていましたが、無事に止まりました。

今日は一応入院です。というか痛すぎて入院せざるをえないです。

傷口鏡で見ましたがめちゃくちゃグロいです。

ホント痛すぎて食事はおろか会話も無理です。

痛み止め使っても痛いです。

Day201　舌が痛い　1月16日

こんにちは、ワイルズです。

いつの間にか移植から200日経っていました。早いものです。

さて、舌の具合ですが、当日よりはマシになったものの、やはり非常に辛いです。

会話や食事で舌を動かすと、必然的に歯に当たるわけで、そうなると鈍痛が……。

特に食事はとても無理なので、主食はウイダーinゼリーで、副菜は具なしスープです。

……腹が膨れるわけもありませんが、食えないのだからしょうがない。8年前から医師に言われていることですが、1週間何も食べなかったところで、水さえ飲んでいれば問題ない、と。

まあ、移植直後のときも実質2、3カ月絶食みたいなもんだったので、耐えられるには耐えられますが、ここいらの外泊で家の食事の味を思い出してしまった身にはなかなか堪えます。

早く回復してほしい……せめて会話は普通にできるレベルまで。

Day205　久々にワロタ　1月20日

こんにちは、ワイルズです。

今日は2回目のDLIでした。

今回は前回の半量と違い、必要量をフルに入れました。

例のごとく様子見のために今晩は泊まりです。マジで最悪です。

明日特に問題なければ帰れるからいいのですが、1泊でも正直最近はキツいです。

1カ月前は毎晩泊まってたんだよな……。今考えるとありえない。入院生活で正常な精神を失っていたとしか思えません。なんというか、虚無？　あきらめというか、ああこれはこういうものなんだなハイハイみたいな、そういう気分だったのですかね。舌の具合は結構良くなってきています。相変わらず飲むゼリー以外口にしていませんが。金曜日に抜糸するので、また変わっていくと思います。

♪

昨日、高校の友達Kが、JOI予選通過の賞状を届けにきてくれました。3時半頃に家に来て、7時半頃まで俺・K・母でいろいろとしゃべったりしていました。同年代の人と面と向かって話すのは、恐ろしいことに半年ぶりというわけで、改めて自分の生活の異常さを痛感したり。

Kはコンピュータ愛好会の仲間で、独特の雰囲気をまとった優しいやつです。主に高校のことで、とにかく聞いてて楽しかったです。同時に、なんで俺はそこにいないんだろうか……と自分のなかでは割りきって整理をつけていたはずの気持ちが出たりしました。

俺の高校は本当に楽しいところで、いるやつもどいつも超個性的で楽しくて、そういうところに俺はいたんだなあとか、今もいるはずだったんだなあとか……。

まあその辺の話はまた後日で。

一番思ったのは、いやなんというか友達っていいなあと。

俺が入院した頃、Kが授業中も泣いてたという話を聞いて、ああ俺のことをそこまで想ってくれる人がいたのか……と感動しました。なんというか、上手く言葉にできませんが、こういうつながり？　絆（きずな）？　って、すごく相互的に支えになるというか、いいなあと。

そういう友達に巡り合えたというのは実に幸福なことだと実感しました。俺はいい親友を持った。

なお、コンピュータ愛好会は自然消滅に向かいかけているそうです……。

俺が戻ったとき、もし壊滅してたら俺が再建してやる……。

♪

ＪＯＩの賞状に添付されていた本選の案内書を見たら、前日の実機練習とかの予定時間おせぇ。これ明らかに宿泊前提のスケジュールだろ、と今さら気づきました。申し込みのとき、ろくに資料読まなかった結果がこれだよ!!

こんなんだったら、宿泊したほうが良かったかもしれない。でも今さらどうなるものでもないので、あきらめます。

それでは今日はこの辺で。

Day206　世界への薬　1月21日

こんにちは、ワイルズです。

昨日書き忘れましたが、フルのＤＬＩというのは前回の10倍の細胞数を入れたということです。

で、経過ですが、とりあえず昨晩熱が37・8度まで上がり、ボルタレン（鎮痛消炎剤）で37・3度まで下がりました。微熱に伴い悪寒（熱が上がるときのタイプの悪寒ではない）があり、それは今朝まで続きました。

まあでも、動けないほどの不調ではなかったので、今日は10時頃に病院を出て家に帰ってきました。で、家でしばらく過ごしていると、体調はあら回復。やっぱり病院には瘴気が蔓延しているのではないだろうか……。

というわけで、前回よりは多少重い副作用が出ましたが、まあ軽度のものなので大丈夫でしょう。

舌の状態ですが、傷口を保護するために縫いつけてあるシートが半分ほど剝がれ（糸が舌を破ってとれた）、剝がれている部分はだいぶ再生してきているみたいです。

明日は抜糸ですが、残りの部分はどうなっているのだろうか……。

♪

突然ですが、私はＮＥＥＴやらヒキコモリやらそういった人たち、というか広義に無気力惰性で生きている人種がキライです。

無論うつ病だとか色素性乾皮症（難病指定）だとかそういった訳ありの場合は別で

すが、まったく五体満足健康体でそうという人たちには虫酸（むしず）が走ります。

なんかいつだかもどこかで書いた記憶がありますが、彼らはいったいどんな努力をして、俺たちはいったいどんな努力をしなかった結果、彼らの身体は動き、俺たちの身体は動かないのか。なぜ「動かない者」は動こうとするのに、「動く者」は動かないのか。

これに尽きますね。

ぶっちゃけちゃうと、なんつーか、お前ら何のために生きてんの？　というか、生きる気がないなら目障りだから死ねよ、とか思ってます。短絡的な考えですが、これは考えではなく感情です。

誰だって聖人じゃないんだから、ブラックな感情を持たないなんて不可能だろ？　俺の心にだって真っ黒な感情がぐるぐると渦巻いているんだぜ。表に出さないだけでね。

とりあえず、そういった皆さん、「生きる」か死ぬかどっちか選択しましょうよ。あなたたちが食べている食事で犠牲になった命がかわいそうでなりません。

まあここを見ている人にそんな人はいるはずないから、こんなこと書いても意味ないんですがね。

ここは俺のテリトリーですから、まあチラシの裏に書くようなことでも書かせてくださいよ。

♪

いやなんでこんなこと書く気になったかっていうと、こういう気持ち自体は今までずっと持ち続けていたのですが、ぶらぶらとネット巡回していると、もう見るに堪えない甘ちゃんやボンクラが多すぎて、ちょっとムカッときたので。

いっそ、国民全員が一度地獄を経験すればいいんじゃないか？　と。そうすればきっと社会はだいぶよくなるんじゃないですかね。

それでは今日はこの辺で。

Day210　近況報告　1月25日

こんちは、ワイルズです。

金曜日に病院で更新しようと思ってたのですが、寝てしまいまして……フフ……。

とりあえず、金曜日に舌の抜糸をしました。

保護シートがとれると痛いのだろうかと思っていましたが、意外なことにとれたほうが痛みがないのですね。というか、もうほとんど痛みはなくなってました。

土曜日にはもう普通の食事ができるようになって、１週間ぶりの固形物をいただきました。

患部には保護シートの下に人工皮膚が貼りつけてあって、これに神経やら血管がつながっていって元に戻るそうです。無論そんなすぐには戻るわけではないので、その部分は変な感じがしますが、抜糸前よりは遥かに楽です。というわけで、舌の件はこれで一件落着ということです。感染症もなく無事に終わって良かったです。

で、今日はうれしいニュースがあり、今まで輸血しても輸血してもすぐ下がっていたＰＬＴが、先週の水曜日から入れていないにもかかわらず、４万８０００まで上がっていました。これはもう造血機能が回復してきているかもわからんね。

赤血球はまあ下がり気味なのですが、輸血するほどではありませんでした。それでも貧血ではあるので、快調というわけではないのですが……。

退院できる輸血頻度というのは、月に１回ということなのですが、このまま上がり続ければそれも叶うのではないでしょうか？　まあ、過度な期待は禁物ですが、少なくとも輸血なしで上がっていたというのは事実なので、ここは素直に喜ばしいことでしょう。

他の血液検査項目も特に問題はありませんでした。ＣＲＰ２・５を「問題ない」というのもどうかと思いますが、前回が５だったことを考えればまあそんなもんでしょう。

あと下痢なのですが、相変わらずひどいです。ロペミン（下痢止め）を1日3回に増やしたのですが、多少マシになる程度でやっぱりひどいので、金曜日に大腸カメラと組織検査を行うことになりました。原因として考えられるのは、移植の（ＤＬＩでない）慢性ＧＶＨＤや、サイトメガロウイルスなどで、それが検査ではいっぺんにわかります。もし慢性ＧＶＨＤなら、免疫抑制剤なども考えるそうです。

まあ、最近あった体調に関してはこれくらいでしょうか……。

Day215　近況報告　1月30日

こんにちは、ワイルズです。

金曜日に大腸の内視鏡検査を行いました。目的は続いている下痢の原因を調べるための検査のために、腸内を洗い流す薬を飲んだのですが、これがもう苦行ってレベルじゃねーぞでして。

ニフレックという薬の溶解液1・5Lを3時間で飲むというものなのですが、マジでこれは拷問。溶解液は透明で、臭いはレモンで、味はなんとも言えない不快な塩味です。最初の750ミリリットルくらいはまあなんとかゼエゼエ言いながらいけるのですが、後半がもう少し飲んだだけで吐きそうで、吐き気止めも使いながら飲みました。

なんとか無事に全部飲めましたが、もう二度とやりたくないですね。あとで調べてみてわかったのですが、成人は通常2〜4L飲まされるとのこと。4Lとか、想像もしたくないです……。

検査結果ですが、見た感じは異常なかったそうです。腸内の組織を採取して検査に回したので、1週間後くらいにそっちの結果が出ます。それでGVHDかとかウイルスかとかがわかるそうです。

で、血液検査のほうですが、PLTは5万と横ばいで下がらず、HGBも7・4とギリギリ保ってる感じで、悪くなかったのですが……。

水曜日分の採血で、サイトメガロウイルスが4に……。もうなんというか……なんでだああああああああああああああああああああって感じで。

月曜日の結果（つまり金曜日の採血結果）次第でまた入院治療と……ふざけんなよ……。

水曜日には3回目のDLIがあるので、それも加味して話し合おうと考えています。

ここ数日ずっと家で過ごしていて、精神的にはかなり良いのですが、頭痛がひどいです。

常に痛くて、たまにすごく痛くなって、薬飲んで寝ても痛くて……って痛くないときがない状態でして。貧血でしょうか……それともＤＬＩの影響か……。

Day224　近況報告　２月８日

こんにちは、ワイルズです。

結局サイトメガロウイルスは18まで上がり、医師との相談の結果、２月５日から１日１回のホスカビル治療を始めました。９時に病院に来て、16時まで点滴して帰るかたちです。

また、２月３日に３回目のＤＬＩを実施しました。例によって翌々日に熱が出ましたが、それ以降は特に問題なかったです。

精神がやられてきていたので、精神科の先生と話した結果、リフレックスという薬を出してもらいました。１週間ほどで効果がわかるそうです。

２月13日、14日のＪＯＩ本選については今日主治医に相談したところ、できるだけ行けるように配慮するとのことです。

♪

昼間は病院にいるということで、昼夜逆転というか睡眠時間が減っています。

具体的には、ＡＭ３~８時くらいに寝て、病院で９~12時くらいまで寝る……って大して減ってないいな。だから平気なのか。

Day226　1周年　2月10日

こんにちは、ワイルズです。

月曜日の血液検査結果で、CMV（サイトメガロウイルス）は2まで下がっていましたので、治療は今の形式のままで続けるそうです。これで一安心。

本日で入院してから丸1年が経ちました。

去年の2月9日に血液検査で白血球が大変な数値になっていて、心の準備のために執行猶予一晩を与えられて、20世紀少年第2章観に行ったりしてたわけです。1年か……。

入院初期はもう本当大変でしたね。従来の薬が効かなくて、なんかもうダメオーラが充満していましたね。あのときの精神状態はなんかもうすごいものでした。

死が眼前から迫ってきて、後ろには壁しかないというような状況は、恐怖とか通り越していた気がします。

逆に言うならその追い詰められた状況になったからこそ奮い立ったという面もあるのですが……。

まあとにかく、実際生き残ったわけですから、結果オーライということで。

今までで一番長い入院となってますが、再々発というリスクを考えたらそもそも生きてる時点ですごいので妥協点ですね。でもやっぱり早く退院したいです。人はどこまでも強欲だね。

　これからの1年は何があるのか。高校へは行けませんが、代わりに有り余る時間を使って何かしらを見つけたいとは思っています。「答え」とまではいかなくても、ただなんとなくの「感じ」だけでも掴めればいいんじゃあないかなと。

　おそらく退院したら、このブログも週1か月2くらいに失速すると思いますが、完治宣言（まあ真に完全な完治というのは存在しないのですが、一応5年生存という基準で）までは続ける予定なので、これからもよろしくお願いします。


♪


退院して身体がある程度落ち着いたら、原付の免許を取ろうと思います。

やっぱりある程度の距離を行ける「足」が欲しくなってきたので。この1年は特に必要になりそうですし。

相変わらずホスカビル治療中はC++です。

今度は割と本気なので、順調に進んでいます。まあ今の範囲は1回やっているからスムーズにいくというのもあるのでしょうが……。

途中どうしてもわからないところがあったので、生まれて初めて「教えて！goo」で質問しました。速攻で答えが返ってきました。

それでは今日はこの辺で。

Day234　近況報告（JOIなど）　2月18日

ワイルズです。

しばらく更新がありませんでしたが、体調は特に変わってないです。

相変わらずサイトメガロウイルスは2で停滞しているので、ホスカビル点滴はとりあえず来週の水曜日まで続けるそうです。

検査結果が連続で1以下になればいったんやめるそうです。

♪

さて、2月13日、14日に、ＪＯＩ本選に行ってきました。

2月13日は、顔合わせ＋懇親会＋実機練習（実際に使うＰＣと問題形式に慣れる）で、遠方からの人はこの日会場に泊まりました。というか、参加者のほとんどが泊まりで、なんか泊まるのがデフォルトらしく、やってしまった感が。泊まっていればもっと交流できたのに……。とまあ後悔先に立たずで。来年行くとしたら泊まりですね。

夕食兼懇親会では、いろんな人と話したりTwitter交換したりと楽しかったです。飯は微妙でしたが……。

なんというか、皆さんレベル高すぎでした。マイクでもネタにして言いましたが、ボーダー合格の俺とは格が違うぜ……みたいな。具体的に言うと、俺が掛け算九九覚えて喜んでいたら、隣の奴は微積を解いていた、みたいな感じです。冗談じゃなくマジでそんくらい差が。

まあかといって特に凹むこともなく、時間ならいくらでもあるから十分追いつけるだろと楽観的に。

そして2月14日は本番でした。

で、丁度今日結果がメールで届いたんですが、まあひと言でいうと終わった感じでした。

100分の10、まあ当日こんなもんかと思ってたとおりの結果でした（正直10点も行くかわからなかった）。

なんというか、アルゴリズム勉強しないとなと思いました。当日の解説とか聞いてても、ダイナミックプログラミング？　プライオリティキュー？　なにそれおいしいの？　状態だったので。

来年度は一応1年か2年生になっている予定なので、また参加できます。それまでに、予選通過はもちろんのこと、本選でも中程に嚙みつける程度には精進したいものです。

あとは、大勢の同世代の人と話したりするのが楽しかったですね。普通は日常的にやっているはずのことを楽しいというのは変ですが、とにかく楽しかったです。

とまあそういうわけで、いろいろなことを学べた2日間でした。いい経験になったと思います。

♪

なんか3月20日にある城西国際大学のナントカ大会（ＩＴ選手権みたいなやつで、出題範囲が基本情報と同じ）に出ることになりました。基本情報とか、とったのいつだよ……みたいにもうスッカラカンなので、また勉強し直しです。アプセトネデブ！意味はわからないけどとりあえずアプセトネデブ！　みたいな。

それでは今日はこの辺で。

Day238　近況報告　2月22日

ワイルズです。

とりあえず近況報告を。

あれから相変わらずホスカビル治療が続いていましたが、本日事態は少し変わりました。

というのは、金曜日あたりからなんとなく呼吸が苦しい感じがして、昨日の夜に至ってはもう苦しくて寝られないくらいだったので（結局2時間くらいしか寝られませんでした）エックス線検査の結果、肺に水が溜まっているとのこと。

で入院……。

実際、サチュレーションモニタ（血中の酸素濃度がわかる機械）で測ってみると、普通に座っていて94前後（正常値は100です）、寝ると80台まで下がるらしいです。

これは酸素吸入が必要なレベルだそうなので、入院はまあ仕方ないところみたいです。

で、ホスカビルは腎臓に負担がかかるので中止、利尿剤を使って体内から水分を出していく治療をするそうです。

うーん、まあ正直呼吸困難はかなり辛いんで、しっかり治したいですね。

あと、風邪をひきました。多分ＪＯＩの日にラーメン屋で移された可能性大。

熱は出てないんで（喉と鼻と咳）幸いですが。ＤＬＩで免疫力が上がっているからでしょうか。

まあそういうことで今晩は病院に泊まりです。明日はどうなるかわかりませんが、水曜日にマルクをやるそうです（これは前から予定していたこと）。

♪

ＪＯＩの雪辱をはたすためにプログラミングがんばってます。

会津ＯＪ、またタイムオーバーか……とか、アルゴリズム事典の説明意味不明とか、まあいろいろ苦労していますが、そのうちできるようになる（はず）でしょう！

アルゴリズム事典で勉強を始めると楽しくて基本情報に手が回らない。まあ、あっちの大会は大会後の飯がメインらしいので、気楽に行きますか……。

基本情報とかの問題って、常識的に考えればそれなりに解けたりするので。

とまあ最近はわりと充実した生活です。飯もたくさん食えるようになったし、体重も増えてきたし。

今日はDay238、約Month8（こういう言い方をするのかは知りませんが）です。早いなあ……。もう8カ月も経ったのか。当初は3カ月で退院できると思っていたらKONOZAMAですからねえ。けどまあ、2回目の移植だし、世界初（笑）の治療法だし、1年程度の誤差があってもなんらおかしくはないですね。確実に快方に向かっているわけですし、とにかく成功したことを喜びましょう。

それでは今日はこの辺で。

Day245　近況報告　3月1日

こんにちは、ワイルズです。

ここ1週間の近況報告を。

まず、むくみと肺の水ですが、月曜の一晩でかなり良くなって、1週間利尿剤飲み続けたら治りました。

そして、サイトメガロウイルスは月曜・水曜ともに0だったので、ホスカビル点滴はそのまま終了となりました。

よって、今は1日置きに病院に行って、採血して問題なければ帰ってくるという生活です。

血小板・赤血球に関しては、もうほとんど輸血を離脱したといってもいい過言ではありません。

結局、何がネックで退院できないかというと、サイトメガロなんですよね。主治医いわく、こうやって叩いても2週間くらいでまた出てくるというパターンらしいです。サイトメガロを自力で抑え込めるまで免疫力が回復しないと退院は難しいみたいです。サイトメガロ……。

ということで、今は経過観察中です。

♪

最近ちょっとシャキッとするようになりました。

24時以降の夜更かし禁止、朝6時起き、ってそれだけなんですけど。

やっぱり4時（朝の）頃まで起きているのは身体にも良くないと思ったので。

けど、なぜか昼間無性に眠くなって、バランスが崩れる……なぜ？

まあ別に学校があるわけでも何があるわけでもないので、そう焦る必要はないのですが。

♪

プログラミングの勉強に並行して数学を再開しました。というか、本当は数Bをやりたかったのだけど、教科書を持っていないことが判明して、このやる気をどうしてくれようということで数Ⅱをやってます。けど始めてみると数Ⅱも面白いですね。やっぱ新しいことを学ぶというのは楽しいものです。

あとは、20日の大会向けに基本情報の勉強もぼちぼちやってます。過去問（基本情報の）を解いたりしているんですが、すげえ、やるとなんかできる。というか思い出せる。やっぱ苦労して覚えたものはそう易々と忘れるものではないな……と感じました。

♪

教習所のパンフを見たらますます免許が早く欲しくなりました。退院したら速攻で原付とって、行動範囲を広げたいです。

それでは今日はこの辺で。

さようなら。

Day247　2万ヒット！　3月3日

こんにちは、ワイルズです。

とりあえず、マルクの結果は問題なしとのことでした。

また、むくみと肺の水は治ったので、利尿剤も終わりました。

いつの間にか2万hitになっていました……。

感謝感謝です。思えばもうこのブログ始めてから1年経ってるんだよな〜。

これからもよろしくお願いします……。

原付免許は絶賛勉強中です。標識と標示はもう大丈夫だと思います。

あと、規則正しい生活は中止になりました……。理由は昼間に謎の眠気（薬の影響だとは思いますが）＆強度の不眠により、とてもじゃないけどやってられないからです。

まあそんな感じで今は平和に過ごしています。

別のブログ「WORLD46」でリハビリ日記的なものもやっているので、参照するといいかもです。ストレッチパワーを溜めて病魔をやっつけるんだァー。

それでは今日はここまでです。

←

かわいそうなのは死にたくて死んだ人じゃなくて、死にたくないのに死んだ人だよね。

その辺、勘違いしている人が多くて困る。

Day249　WORLD46について　3月5日

こんにちは、ワイルズです。

えと、本日はWORLD46についてです。

12月頃からぼちぼち（というかかなり）更新しています。

なぜわざわざもうひとつブログを作ったかというと、ここは「闘病記」として、向こうは「ブログ」として、それぞれの濃度というか内容を充実させたいと考えたからです。

この闘病記のほうで、ゲームやプログラミングの話題を長々としてもあまり意義がないように思うし、向こうで白血病の闘病記録をやったらそれは闘病記になってしまう。だったら二つを分ければ、それぞれのお客さんに合った内容として、両者上手くやっていけるだろうと考えたからです。

とまあここまではいいんですが、問題はここからです。

結論から言うと、このブログにおける読者の皆さんについて、同年代の方以外はWORLD46の閲覧をご自重していただきたいということです。

いつも応援してくれて、支えになってきてくれた皆さんに、こういうことをお願いするのは大変失礼なことだと存じております。ですが、何卒ご理解いただけると幸いです。

理由としては、ひと言で言うとこちらから向こうに人が流れてしまうと、こちらにしてもあちらにしても「やりにくい」からです。

要するに、向こうは純粋な、一高校生としての場としたいのです。なんだか抽象的な言葉ばかりで申し訳ないのですが、同じようなイメージでは、「友達同士の買い物に親がついてきてほしくない」とでもいいましょうか。

向こうでいろいろやるにあたって、本来招かれざる客（普通、子供のブログは親や大人には〔積極的には〕教えず、子供同士でやるものだと考えております）である方の前では、気分的にやりにくいこともあるということです。

もちろん、ネットですから閲覧しようと思えばいくらでもできます。なのでこの件に関しては、一応私の想いはこうであって、その上で閲覧するかどうかは読者の方に委ねるつもりです。

なんというか、病院で「鍵の無い生活」があまりに長かったため、「鍵の有無」について異様に気になってしまうのです。とにかく鍵がかかっていないと気が済まないというか、気分が悪いのです。

いろいろと面倒をおかけしましてどうもすみません。

あとひとつ、リハビリ日記を向こうのコンテンツとしたのは、うーん……なんというか、こちらは「記録」として、あちらは「レポート」としたい……んん、難しいな。とにかくそういうもんだと思ってください。

とにかく、リハビリに関してはこちらでも並行して報告させていただくので、そういうことでよろしくお願いします。


♪


多分1年以上ぶりに髪を切ってきました。

なぜか前髪はほとんど伸びないのに、横と後ろがぐんぐん伸びるので、うぜーぜ！　ってなって急遽行ってきました。

外に出たついでに、帰りにスプレーと眉キット（笑）も買いました。まあ、セットする機会なんてまだそんなにないんですがね。

それと、散歩も行ってきました。近所の公園をぐるっと1周です。それだけでも、足は多分限界まで使われたみたいです。

なんというか、この町は平和だなあと思いました。なんてことはない風景なんですが、だからこそ重いなあと。しみじみ思いましたね。

それでは今日はこの辺で。

Day251　不安定　3月7日

こんにちは。

なんというか、今（この記事を書いている前後）不安定です。

まあ普段から不安定なんですが、発作的にそれがさらに不安定になる時期というのがありまして、それが今なわけです。

原因を自己分析してみると、まあこの状況そのものですね。
・上手く行っていた高校生活が台無しになった、というショックからそもそもそう簡単に立ち直れるわけがない、その最初のストレス
・体が思うように動かないストレス
・回復が見えないストレス
・退院できないストレス
・人（同年代）とコミュニケーションがとれないストレス
・やりたいことができないストレス
・あらゆる意味で先の見えないストレス
・嫉妬
軽く挙げるだけでもこれだけのストレスが伸しかかっているのですから、心がおかしくなるのは当然ですね。

まあ全部、中学のときに精神科の先生から聞いた受け売りなんですが。

自分でもよく耐えてると思いますよ、ほんと。

むしろ耐えることに慣れてしまった気もしますが。

でも実際は耐えた気になっているだけで蝕(むしば)まれている、というのがストレスというものです。

ストレスは軽減もしくは解消しない限りどうしようもないのですが、その手段というものがなく、その「ストレスをどうにかする手段がない」こと自体もストレスを生み出していて……という泥沼状況です。

運命を受け入れるだ、カミサマの試練だ、なんだかんだ言いますが、結局人っての は弱いものなんです。強い人なんていないんです。「強く見える人」や「強いと思い込んでいる人」ならいますが、結局本質はみんな同じなのです。

まあ何が言いたいかというと、例大祭に行きたいってそれだけだったんですが。

なんか自分が二つに分裂すればいいのにって気分です。

そうすれば四六時中孤独に苛まれることもないし、会話もできるし、遊べるし。

Day252　退院予定!!　3月8日

こんにちは、ワイルズです。

本日採血で病院に行ってきましたが、そこで主治医の口から待ちに待った言葉が……。

退院っ……圧倒的退院っ……！

先週のCMV（サイトメガロウイルス）も0で、輸血もほぼ離脱状態なので、来週あたりに退院でいいだろうとのことでした。

退院ということは、胸に突き刺さっているCVカテーテルも抜くし、生禁も解除されるし、外出禁も……。うは！　夢が広がる！

というわけで、来週に退院する予定になりました。ようやくか〜。まあ、まだ予定なんで、変わるかもしれませんが。

それでは今日はこの辺で。

Day259　退院決定！＆WORLD46開放　3月15日

こんにちはワイルズです。

本日、めでたく退院が決定しました。

今後の予定としては、

水曜日：午前中ＭＲＩ、他にいろいろ（腎臓科・皮膚科など）、午後4時にえらい先生から説明、5時にCVカテーテル抜去で、その日は泊まり

木曜日：退院
金曜日：神経科（足の麻痺）

となっています。

サイトメガロは0を保っていて、免疫系の機能が低いけれども正常範囲内に収まっていたので、そのためらしいです。

いやあ、うれしいなあぁ〜〜〜。

退院したら、この闘病記も一区切りですね。

また特別な記事を書かないと。「はじめに」に対してだから「おわりに」？　いや、終わるわけじゃあないんだよな。結局広義には闘病は「一生」続くものだから。狭義でも「完治宣言」までは闘病だからね。

うーん、じゃあ「これから」とでもするか。うん、それがいいね。なんか未来があるっぽくて。

それに伴って、こっちの更新は定期検診のあととか、かなり特別なことがあったときとかだけになりますね。

やっぱり、退院後どうなったかとかも知りたい人もいると思うので、前に言ったWORLD46へ行かないでというのはナシにします。

話している内容は完全趣味ばっかりなので、読んでいてもあまり面白くないとは思いますが……。

WORLD46

「わーるどよんじゅうろく」じゃなくて、「わーるどようむ」です。一応。

もっと言うと、「ぽんよんよんいちろく」じゃなくて「ぽんよしひろ」です。一応。

それでは今日はこの辺で。

Day261　転落　3月17日

こんにちは。

今日のＭＲＩ検査で前頭葉下部に4センチ程度の腫瘍らしきものが見つかりました。説明によると、一番恐れるのは中枢神経再発で、他には膿（うみ）などの可能性があるそうです。

明日ルンバール（腰椎穿刺／脳脊髄検査）をやり、もしそこで白血病細胞が見つかればその時点で再発確定、見つからなければＰＥＴ検査（画像検査）か生検で診断するそうです。

無論退院は延期です。

なんというか、茫然（ぼうぜん）自失状態です。

再再々発　3月18日

今日、ルンバールとマルクをやりました。

結果、中枢神経再発と診断されました。

来週に耳鼻科で生検出して、はっきりとした診断をつけるそうです。

治療方針というか相談は26日だそうです。

ありえねえ。もう闘う気力が……。

というか、これはそもそも勝ちとか負けとかそういうものではなかったのかもしれない。

なるかならないかの、単純な確率問題だったのかもしれない。

死ぬのが怖いとは　3月19日

たくさんのコメント、どうもありがとうございます。

とりあえず1日経ってみて、多少落ち着いたようです。

まだ多少、夢のような心地ですが。

中枢神経白血病についてネットで調べたところ、資料があまりにも少なくて驚きました。

というか、実例や経過なんてとても見つかりませんでした。

やはり治療は髄注（薬を脊髄腔に注入する治療）がメインだそうです。あとは放射線など。

骨髄移植は、骨髄には入ってきていないからあまり意味はないそうです。

主治医に電話で訊いたところ、23日のルンバールで髄注もやって、それの効果を見たいそうです。

ホント、髄注で効いてくれ……。

素人意見ですが、たとえば髄注や放射線で寛解に入ったあとで、永続的に髄注を繰り返すことで再発を抑える、とかはできないのでしょうか？

白血病が耐性を持ってしまうから無理、とか言われそうですが。

まあ、この辺は26日の説明会（もしくは23日に主治医に）で訊いてみたいと思います。

なんというか、正直昨日再再々発宣告されたときは、ああもう死ぬんだなと漠然とあきらめがついた感じでしたが、ひと晩寝てみて、あるいは皆さんのコメントなどを読んでみて、まだあきらめるのは早くないか？　と思い始めました。

これが最後、最後のチャンスとして受け止める選択もアリなのではないかと。

とにかく、骨髄まで届いていないというのはなんか良いのではないかと思います。

素人判断ですが。

正直、もう一度骨髄移植をやるとかはもう肉体的にも精神的にも無理なので……。

明日はPC愛好会で城西国際大学の大会です。

本当は、遥かに晴れ晴れとした気分で行く予定だったのですが。

ただ、明日はいろいろなことを忘れて楽しんできたいと思います。

今日はこの辺で。

←

死を思うとき、残される人たちの心境を思います。

実はこれが一番辛かったりします。

死んだあとのことなんかどうでもいいとか言われそうですが、これが一番ダメです。

「死ぬのが怖い」というのは、死ぬこと自体が怖いのではなく（多少ありますが）、死ぬことによって生じる状況が怖いのです。

協力してください！　3月19日

気功・ヒーリングなど、超常的な治療を求めています。

SSH高校生が笑われてしまいますが、可能性があるなら試すしかありません。

←の「教えて！goo」でも質問しています。

http://oshiete1.goo.ne.jp/qa5764759.html
自分でも調べていますが、やはりひとりでは限界があります。

できるだけ多くの人に広めて、有益な情報を集めたいです。

どうぞよろしくお願いします。

だんだん、気力が戻ってきました。

治さなくちゃ……という義務感というか。

あるいは、死んだあとの状況があまりにも恐ろしすぎるのか。

私は今死にかけております　3月19日

結論から言います。

現在、私は死にかけております。

具体的には再々発T－ALLが中枢神経に再再々発しました。

詳細はググってください。

宣告されたのが昨日で、なんかもう茫然自失状態で、何もできなくなりました。

なんというか、漠然と「ああ、俺死ぬんだな」とか、「あれがしたかったこれもしたかったな」とか思って、あとはもし死んだら親とかすげー悲しむだろうなとか（実際は死ぬこと自体よりそっちが恐ろしい）思ったりして、カイジ並みに泣いたりしてました。

けど一晩経ったら、また違ったふうに思えてきました。

まだ私は生きている、だから変えられると。

人が変化させられる未来は無限にあるはずなのです。理論上は。

可能性という選択をするのは他でもない自分自身なわけで、選択肢も見ないであきらめるのはいかがなものかと。

死にたいわけがない。

やりたいことなんて多すぎて困る。

だから治すしかないだろうと。

たとえそれが恐ろしく低い確率であったとしても。

だから闘います。

未来のために。

今後の治療とかはこっちでレポートしていきます（↓ワイルズの闘病記）。

このブログは相変わらず趣味（たぶん、入院とかすると絵とギターができなくなるので、プログラミングが多くなるかも）関係でやっていきます。

こちらでは重い話はこれきりです。
※趣味ブログ「WORLD46」より抜粋

城西国際大学の大会へ行ってきました　3月20日

本日、城西国際大学の大会へ行ってきました。

久々に高校生として遠出してきたわけですが、楽しすぎますね。

なんというか、もうその場というか空気のなかにいるだけで楽しいです。

たぶん、普通に高校生活送っていると、この楽しさは無意識的すぎてわからないのでしょうが、失った人間が体験するととんでもないアミューズメントですよ、これは。

高校生ってなんて楽しい職業なんだろうと。

こんな楽しい生活を俺は送っていたのかと。

しみじみとそう思いましたね。

この時間が永遠に続けといった気分でした。

終わって、リアルに戻ったとき、確かに悲しくはあるのですが、よし、この生活を取り戻してやろうというか、この生活を残して人生終わるなんて有り得ねえというか、そういう湧き上がるものがあって良かったです。

今日の遠征は気力回復にかなり貢献してくれたと思います。

24日の終業式に学校へ行くというプランは、あまりの絶望でキャンセルしたのですが、やっぱり行こうと思います。単純に行けば楽しいし、確実に私にとってプラスになるので。

今の同級生とはもう一緒に過ごせないけれど、また新しい出会いがあるわけで、高校生活はやり直せるわけで。

そのためにはもう、病気を治すしかないでしょうと。

うちの学校の校則により、今年の休学後に復学できなければ退学になっちゃうんですよ。

まあその気になれば、また入学試験を受けますけど。中学レベルとかもう余裕だろと、甘く見られないのが受験勉強の怖いところですが。

まあそんな先のことより、今は目先の問題。

とにかくまずは寛解に入らないとですね。

白血病の治療は、はじめに寛解ありきですので。

がんばりたいと思います。

←

数多くのコメント、本当にありがとうございます。

誰かが応援してくれるというのは、実に励みになります。

また、治療に関する情報も、さっそく提供してもらえました。

今後検討していくなかで活用させていただきます。

繰り返しになりますが、本当にありがとうございます。

面談の報告と治療方針　3月26日

昨日、鼻の奥から腫瘤を採取し、生検に出し、今日その結果を踏まえてこれからの予定や治療方針について話し合いがありました。

腫瘤はやはり白血病細胞の塊でした。これにより、前回のマルクと合わせて、中枢神経再発ということがまず確定しました。

治療ですが、基本的には髄注を試し、その効果を見て放射線を使うとのことです。

全身化学療法は、2回の移植により身体への蓄積ダメージが相当で、基本的には避けるようになりました。

で、復学の話になって、来年度から復学したいと言ったら、

「来年度からは（生きているかどうか的な意味で）難しいかもしれないね……」

えっ、それは要するに遠回しな余命宣告なんじゃあ……。

まあ、そのとおりなんですけどね。はい。

ただ、詳細としては、完全にもうだめだというわけではなく、もしかしたら治療によって治癒（までいかなくても生存）できるかもしれないとのことでした。

2年後くらいには、アメリカやヨーロッパ諸国で使われているナントカという新薬（名前失念しました）が日本で使えるようになったり、今年から治験が始まるクロファラビンという新薬（アラノンジーの仲間みたいです）があったりと、他の手段も

生き延びればポツポツとあるみたいです。

そういうわけで、とにかく治療していくことになりました。

けどやっぱり不安なのは、気力が出ないことですね。1年前に再々発したときは、よしやってやるぞという感じでものすごく気力に溢れていた（当時の記事を見ればわかりますが）のですが、いい加減1年間治療をやってきて、精神的に疲れはててしまっているので、はたしてこれでうまくいくのかというところです。治療がうまくいったのも、気力によるところが大きかったと思うので……。

友達と会ったりすれば多少元気になるのですが、それは精神が「回復」したわけではないので、別れればすぐに元に戻ってしまうのです。

前回が「やろうと思ってやる」のだったら、今回は「やるしかないからやる」みたいな気分なのです。

中学の頃、うつ病で精神科に通っていたとき（今でも通っているのですが）、疲れきった精神は時間でしか解決しないということを重々理解したので、どうすればいいのか……。

また、前回より状況が悪いのもあると思います。

例えば、治療をビルの屋上から屋上に綱渡りすることとすれば、前回が綱が「幅のある鉄骨」で、今回は「細いゴムひも」だったら、渡る前からうんざりすると思います。

渡れる可能性は0ではないけど、渡る前に頭を埋めるのは地面に叩きつけられるビジョンだけのはずです。普通。

まあゴチャゴチャ言ってても何も変わらないので、とりあえず今日はこの辺にします。

次は火曜日に病院へ戻り、採血結果で腎機能が回復していればまた髄注とのことです。

それでは。

これまでのこと　4月7日

なんだかんだで、今回の闘病も始まって1年以上過ぎてしまいました。

ここいらでとりあえず一段落してみようということで、これまでのことを簡単にまとめてみました。

入院当初~移植まで

入院してすぐに化学療法を行いましたが、従来の抗がん剤では白血病細胞は減らず、どうするか途方に暮れていたところ、アラノンジー（ネララビン）という新薬が光明を切り開いてくれました。

アラノンジーで寛解状態に入ったので、そのまま移植をすることになりました。ドナーは母親で、ＨＬＡ（ヒト白血球抗原）は2座不一致で血液型も性別も違いましたが、母子間免疫寛容という仮説があることや、ＧＶＬ効果を期待することなどから決定しました。

移植～移植後、起き上がれるまで

移植は今回が2回目だったので、いわゆるミニ移植というか、前処置がライトな移植でした。前回の移植で、内臓とかの予備力が落ちているため、十分に薬とか放射線は使えないのです。

最終的に、アラノンジーを組み合わせた、おそらく世界初の抗がん剤の組み合わせで移植に臨みました。

移植後のことは正直よく覚えていません。なんか、熱が出たり、いろいろやばかったそうです。あとお尻が痛すぎる苦しみだけは漠然と覚えています。

まあ、これが移植というモノなのですが、とにかく大変でした。

最初、骨髄が生着しないかと思われて、絶望的になりましたが、遅れて生着して大喜びでした。

~今まで

移植の副作用なのかわかりませんが(一番怪しいのはアラノンジー)、足に麻痺が出ました。言葉では説明しようがないのですが、とにかく麻痺です。足先に行くに従って強くなります。

なので足元を見ないで靴を履くということができません。少しは伝わったでしょうか……。

運動能力も最初は立てないほど落ちていましたが、家に帰ってきたりしているうちに階段も上れるようになりました。

で、サイトメガロウイルスとかいろいろあったのですが、とうとう3月下旬に退院……と思っていたら、再再々発。

MRIで脳に腫瘤が見つかり、中枢神経再発が確定しました。

現在はそれの治療中です。治療というと主に髄注で、その効果を見ながら放射線などを組み合わせるそうです。

医師には、来年生きてるかは難しいかもねとか言われました。

もうホント、愕然(がくぜん)として、もう治療もやめて余生を楽しむかくらいの気持ちにまでなったのですが、やっぱり闘うことにしました。

ここまで来て、ここまでやってギブアップで死ぬのは流石にないわ、と。

最後に一つがんばってみるか、と。

まだ気力は多分30％くらいしか回復していませんが、闘う道を選ぶというのはできたので、これからというところです。

これまでのこと　4月15日

こんにちは、ワイルズです。

ええと、実は10日に家で全身痙攣（けいれん）して意識不明になり、救急車で運ばれて、13日まで意識不明になっていました。

意識不明の間は高熱があり、昨日まで続いていました。熱は今日ようやく下がりました。

痙攣のときのことは微妙に覚えていて、トイレでぶっ倒れて身体の自由が利かなくなって、叫んで母親が来て、引きずり出されてそこで意識がなくなって、次に救急車で目覚めて腰が痛い痛い言いながら、また意識が飛んで……。

意識不明の間のことも微妙に覚えていて、なんというか身体が動かなくて、水が飲みたくてナースコールを押したいのに、ナースコールに手が届かないことがとても恐怖でした。

まあ今日ようやく復活（?）したので、こうして記事を書いているわけですが。

原因は、脳の腫瘤か、髄注のやりすぎによる白質脳症だそうです。

白質脳症とは、脳が侵されて記憶力が下がったりいろいろ悪いことが起きる病気、というか症状です。

ああ、そういえば脳の腫瘤ですが、1・5倍に大きくなっていました。残念ながら。

髄液中のがん細胞は0になっていたのですが。

で、治療ですが、早ければ明日から放射線を当てることになりました。

頭だけなので、副作用は少ないらしいです。

ということで、しばらくは病院で過ごすことになりそうです。

それでは。

1グレイ　放射線治療開始　4月19日

本日から放射線治療が開始しました。

やるときは、なんか回る台に乗せられて、顔にデスマスクみたいなものを被せられて固定されて、身体も縛られて、ああ捕獲された宇宙人はこういう気分なのか……とか思いながら照射はたったの1分なのです。

時間がかかるのは位置決めです。まあミスったらとんでもないですからね。今日から12回連続で1グレイずつ、合計12グレイ当てます。人間が一生のうちに照射可能な上限36グレイのうち、2回の移植で14グレイ当てているので、今回で合計26グレイになる予定です。ｵｶﾞﾉｶﾗﾀﾞﾊﾎﾞﾛﾎﾞﾛﾀﾞｧ！

で、採血結果でCRPが1・6だったので、めでたく外泊となりました。ヒャッはー！　シャバの空気は違うぜぇー！

痙攣の危険は薬で抑えつつ、まあ毎日戻るんだし大丈夫だろうということで。

2グレイ　放射2日目　4月20日

今日は2日目の照射でした。

昨日書いた放射線の量に間違いがありました。

正しくは、1日2グレイを12日間で、合計24グレイ当てます。現在蓄積量が14グレイだから……。うは。合計38グレイ……。人間の限界超えた……。2グレイくらいなら超えても大丈夫でしょう、多分。

これでもう私は将来がんになっても放射線治療はできない身体になってしまったわけですよ。

心臓は50%しか機能していないし、スポーツをやらない大義名分ができた。

体調ですが、頭痛がします。寒気もします。放射線独特の症状が出ています。けれど、普通に起きていろいろ活動しています。全快ではないけれど倒れるほどではない、という感じです。

放射線って何なんでしょうね。

なんか暇なとき物理の問題集を読んでいたら、α線だβ線だナントカ崩壊だの陽子線だのいろいろ載っていましたが、実際よくわからないですよね。

とにかく浴びるのはヤバイという程度の認識ですが、得体の知れないものを浴びるのも微妙な気分です。

と思ったら手の届くところに問題集あったんでちょっと読んでみました。

なんか原子核が崩壊するときに放射されるのが放射線だそうです。へー。おわり。

3グレイ　3日目終了　4月21日

今日は3日目の放射線でした。

これで合計6グレイ照射し終わったことになります。

なお、タイトルの「〜グレイ」というのは、日数のカウントに数えているので、実際の照射量とは違います（実際の照射量はタイトルの2倍になります）。

放射線照射には独特の「臭い」があります。

デスマスクをして台に固定されて、バチンとスイッチの入る音が鳴って（なんか死刑に処されるのはこんな気分なんだろうか）、などと思いながら身構えると、何が起こるかというとその臭いがするわけです。

気になるのは最初だけで、鼻が慣れるともうどうでもいいんですが、放射線というとその臭いなんですよね～。あれってなんの臭いなんだろう。まさか脳みそがコゲる臭いではないだろうけど……。

すげえ、まったく感覚を共有できない。誰か一緒に放射線浴びようぜ!!

まあ、エックス線検査とかCTスキャンも微量の放射線浴びてるわけですからね。

なんか、必要以上にエックス線検査とかの被曝を気にする人っていますけど、まだまだですね。その程度では。一生分合計したって1グレイに達するかどうか。それくらいなら……。

世の中には38グレイ被曝しても生きようとする人間もいるんですよ!!

だからやっぱ、発がんとかのリスクは高いんでしょうね。あとは二次白血病。まあそういうのにならないために免疫力を上げる必要があるわけですが!

どんな健康な人の身体にも、がん細胞はある程度存在するんですよ。健康な人はそれを免疫力で抑えつけているのに過ぎないんです。つまり、どんな人にも発がんのリスクは存在するんですよ。知ってました？

がんになったから、がん細胞が生まれるんじゃなくて、もうすでに存在するがん細胞を抑えきれなくなるからがんになるんです。

大叔父の受け売りですがね。白血病研究の権威の大甥（おい）が、白血病にここまでしつこくつきまとわれるのは、皮肉な話です。

放射線の技師さんに、あの機械はどうやって放射線を作っているのかと聞いたら、電気だそうです。うん。電気。

ということは、β崩壊か！　高速の電子か！　結局よくわかりませんね。まあ別にどうでもいいんですが、好奇心として。

なんかいろいろ脱線しましたが、体調は比較的良いです。

それでは。

4グレイ　人間の感情ってのは　4月22日

難しいもんだよなあ……。

4日目が終わりました。

体調はすこぶる良いです。体調は良いのですが……精神状態にガタがきているようです。

なんだろうな……なんていうか、心のなかにすごくドロドロしているものを感じます。

言葉で表すなら、それは「嫉妬」「怒り」を主成分としているのだろう。おそらく。

こういう感情って、私たちみたいな、いわゆる「選ばれてしまった」患者は絶対持ってるはずなんですよ。けど誰もがそれをどこかで妥協して、納得して、前を向きなおして生きている。それが普通の流れ、人はそうあるべきであると……。

けどよオオォォォオオ〜〜〜〜〜〜人間として嫉妬しちゃ悪いかよォォォォオオ〜〜〜怒っちゃ悪いかよォオオオオオオ〜〜〜〜正直俺はそんなにキレイに型通りに妥協も納得もできねえんだよおお〜〜〜〜〜〜。

Twitterとかで「リア充うぜー」とか、冗談のつもりで書いたのがいつの間にかマジになっちまってる自分を見つけるんだよね。道行く高校生を見ると、もしアイツがこうなっていたらどうなってたんだろうな、とか、むしろそうなれよとか思ったりするんですよ。

なんだか世界が悪意をもって襲いかかってくるような感覚に陥るんです。というか、世界に対して悪意しか向けられなくなってきているような感覚か。

誰か個人が憎いわけじゃあない、「気づいていない」という事実が憎いのです。

気づいていないなら、教えてやるよ。

今の自分の立ち位置は、自分の努力で勝ち取ったと思ってるだろ？

違うんですよ。まったく違う。

「運」なんですよ。あなたがそこにいるのは、ただ「運」が良かっただけの話。結局、いくら努力しようと真面目に生きようと、「運」が悪ければすべて終わるんです。

いくら適当に生きてたって、「運」が良ければ幸せになれるんです。

なのに！　なのに！　なのに！　なのに！　なのに！

どいつもどいつもどいつもどいつもどいつもどいつもどいつもどいつも、満ち足りた顔しやがって！

それがどうしようもなくああああああああ腹立たしいんですよ。

まったくもって非建設的で後ろ向きな話なんですが、これが現実です。

まあ定期的にこういうふうな精神状態になる時期があるんです（過去の記事でもなんかそんなことを書いたことがありました）。

どうしたもんかねえ。

5グレイ　5日目　4月23日

5回目の照射が終わりました。

また、放射線も骨髄抑制があるので、予防的な意味も含めて血小板を輸血しました。

精神科の先生に相談して、新しい精神安定剤を出してもらいました。根源的な解決には、いろいろな意味で時間がかかるので、とりあえず薬で落ち着かせる的な感じです。

また、主治医の先生に生禁について訊いてみたところ、解除でいいとのことなので、1年2カ月ぶりに寿司が食べられます。

とまあ、いいことがあって気分はいいのですが、やっぱりどこか曇りというか、かげりがありますね。

薬は、そんな飲んですぐ効くというものではなく、効果が出るのに1週間くらいかかるので、結論を出すのは時期尚早でしょうが。

病院から帰ってくる途中に、教会があるんですよ。で、でかでかと「迷っている人、悩んでいる人はここに来なさい～」みたいな、そんな感じのことが書いてあるんですよ。

まーた、こういうのはスイッチ入れちゃうんですよね。

なんなんですか？　あれって。行ったら何してくれるんですか？　病気を治してくれるんですか？　このどうしようもない「ずれ」を修正してくれるんですか？

たかが人生相談のくせに。ナメやがって。

最近2回連続で、宗教の勧誘が来ましたが、今度来たときはぜひ質問してみたいものですね。「ああ、主はなぜ私にこうも辛くあたるのでしょうか」って。「なぜ世界はこうもアンバランスなのでしょうか」と。

ここから先は、私の「感情」であって「意見」ではありません。

ですが、少々過激なことを書いているので追記にさせていただきます。

繰り返しますが、「意見」ではありません。ですから、いやそれは違うとか、それは間違っているとか、そう言われても困りますのでよろしくお願いします。

結論から言うと、私は宗教の信者が嫌いです。すごく。

正確には、病気になってから嫌いになりました。

それまでは、無神論者だったし神とかそういうことは考えもしなかったので、なんとも思っていなかったのですが。

私が一連の体験を通して知ったのは、神なんかいないし、平等なんかないということです。

理由は言うまでもありませんよね？

けれど世の中には、その存在しない存在を信仰する人がたくさんいます。

ああ、結局のところ、何かにすがりたいだけなんでしょ？　何かに依存していないと不安なんでしょ？　自分の力で闘う気がないんでしょ？

この自分の力で闘うのではなく、大きな存在にどうにかしてもらおうとする、その甘ったれた考えが最高に気にくわないんですよね。

そのことに気づかず、それが当然、自分は守られて当然、自分は信じているから何かが誰かが救ってくれる、そうやって現実と闘うことを放棄している連中なんか、ALLになったらきっと最初期のプロトコルで音を上げて、お得意の神通力とやらに頼り始めて、結局すぐに死にますよ。

病気になってすぐに死ぬというのは、すでに死んでいるのと変わらないと思いませんか？

崩れかけた建物を、建物とは呼ばないでしょう？

話をまとめましょうか。

要は、神を信じるというのは心の弱さなんだと思います。

人は常に何かと闘っています。

その闘いから逃げるような真似をする人間は嫌いだということです。

なんか、何言いたいのか、よくわからない文章になっちゃいましたね。

まあ、なんとなくイメージ的なものが伝われば、それで十分です。

……あんなところに教会があるから、こんなに時間とられるハメになるんだよ。

書いたところでスイッチがオフになるわけでもないし、困ったものです。

8グレイ　自己分析と解決法と　どうでもいい話　4月28日

更新が滞っておりましたが、治療は順調に進んでおります。

本日8回目の照射を終えました。副作用は基本的にはないに等しいレベルです。

更新がなかったのと関連しますが、ここ数日間精神のほうが非常に悪い状態になっておりました。「4グレイ」で書いたことがさらに発展し、他の要因も巻き込んだ結果非常に無気力な状態に陥っていたのです。

いまだに回復はできてはいないのですが、とりあえず「回復しようという気」にはなりつつあるので、まあ良かったと思います。

精神科の先生とも相談し、一度はセレネースという薬を段階的に増やしていくことになったのですが、私がもっと即効性のあるものを求めたので、昨日より前から飲んでいたリフレックスという薬を倍量に増やしました。その効果なのかどうかはわかりませんが……こういう薬の効果というのは、自分ではなかなか気づきにくいものです。

さて、なんでこんなことになってしまったのかと、今日冷静に考えてみたら、やはり「疲れ」なのだと思います。

この疲れというのは、どこから始まったのか曖昧なもので、個人的には中1の再発のときからだと思います。

肉体的な疲れももちろんあるし、精神的な疲れも。今まで納得した、割り切った、妥協した、そういったものが、実際はできてなくて、それを引きずったままここまで来てしまって、その重みに耐えきれなくなったと、そういうことなのかと。

多分、心の深層では、再発にも、再々発にも、再再々発にも納得も理解も妥協もできていないんだと思います。そうしなければならないから、したんだと心に思い込ませて、それで動いていたのだと思います。

そういう歪みが、今になって大きな影響となって表層に現れたのだと思います。

じゃあ、どうすれば解決できるのかというと、どうすればいいんでしょうね……。

とりあえず、何らかのイベント（アクシデント）が有効なのではないかと思いました。

例えば、出かけたり。とにかく、何か非日常な出来事はいい刺激になり、いい影響を与えるのではないかと思います。

実際、先月城西国際大学のＩＴ選手権に行ったあとは、しばらく良い精神状態が続いたし。

まあ、そういうわけで今は奈落から這い上がっている途中みたいな状態なんで、無気力です。

けれど現状をどうにかしなければならないという心は持っているので、きっといずれ這い上がれることでしょう。

まったく、人間の心というのは難しいものです。

←

米粒を残す子供について。

ある本を今日イッキ読みして、今日から食事のときにテレビは消して黙って（完全に黙るのは流石に親と会話もするし難しいのですが……）食べるようにしました。

理由は、食べるときには「食べることによって、太陽から発せられたエネルギーを間接的に取り込んでいることを意識する」、要するに「感謝しながら食べる」ためです。

これが気功の基礎らしいのですが、その話はまた別の機会に。

それで思い出したのですが、中学の頃、給食の食器を片付けるときに、米粒のついた茶碗って結構多かったなあと。

だいたい半数くらいでしょうか。記憶が曖昧なので断定できませんが。

あれってすごい恥ずかしくないですか？　なんか、日本の学力が世界ランキングで下がったとか大騒ぎしていますけど、こっちのほうがよっぽど問題じゃないですか？

本来こういうのは親が小さいときからしつけるべきことで、それがなされていない時点でまず民度が低いと言わざるを得ませんし、そういう子供を目の当たりにして何も言わないような大人が教師をやっている時点で、もう道徳教育も絶望的だし、あれなんだこの国。

まあ、どうでもいいんですけれどね。こんな国がどうなろうと。

私個人としては、育ててくれたこの国に感謝はしているし、つながりを捨てられないのもわかっていますが、嫌いですね。いろんな面で。

しばらく　4月29日

ネットからもテレビからも社会から離れます。

今は何もかも毒になるので……。

正直、山にでも籠(こも)りたい気分です。

今やっているのは、上遠野作品買い漁って読んだり、メタルギアソリッド3を始めたり、ピースウォーカーを始めたり、ギターを練習したり、そんな感じです。

ゴールデンウィークに遊びに行きたかったのですが、人がたくさんいるので無理でした（感染症的な意味で）。

なんか致命的なところで歯車が噛み合わなかった気がするけれど、どうしようもないし。

それでは。

帰還　5月4日

今日というか、今からネット（正確にはブログ関係とTwitterなど。完全にネット禁していたわけじゃないです）復帰します。

私を復帰させたのは……なんというか、一種の気づきというか、納得というか、ねぇ。

とりあえず簡単な経緯を。

♪

土曜日に植物園に行ってきました。車椅子で。

いろいろな植物がありましたね。当たり前なんですが……。

なんというか、これがもし全部同じ花だったら、当然見てて面白くないですよね。

様々な形種類の花や木やサボテンがあるからこそ、そこは植物園として成り立っている。

そして、その中身を見てみても、プログラムで描いたように規則正しく整列しているわけでもなく、どの個体も形・大きさ・状態すべてバラバラになっている。

華やかに咲き誇っている花の隣には、役目を終えて枯れ落ちた花がある。そこではそれがごく自然な有様であり、秩序となっている。

それらを眺めていると、植物園という特殊な環境下のためでしょうか、非常に感傷的に、世界というのはそういうふうにできているのだと、言葉でなく「心」で理解できた気がします。

「なんで俺が」とかそういう次元を超越した、絶対的な「秩序」。白血病（に限らずとも）患者という役者、違う言い方をすれば、世界という大きな機械のなかの、「白血病患者」という歯車なんだなあ、と思ったのです。

なら、無理をすることはないんじゃないかと。ここで奮起して治すのだとすれば、それはそういうことで、そうでないならそれもそういうことだったと、そういうことなんじゃないかと。

私の行動は、思考は、私の意思なのでしょうか？　いや、そもそも意思ってなんなんだ？　私ってなんなんだ？

……と、この辺で脱線もいいところになってきたので、話を戻すと、要するに「なるようになるだろう」という一種のあきらめ的な（否定的でも肯定的でもない）境地に達したので、ネットもメディアも解禁したわけです。

なんというか、今までの私は張り切りすぎていた。まるで白血病という巨悪に立ち向かう正義の味方にでもなったつもりだったのでしょうか。それが結局自分の首を絞めていた。

白血病に対するあるべきスタンスとは、ただの「異物」。なんでもない。ノドに魚の骨が刺さったときとなんら変わらないのです。ただ、無感情に排除すべき異物でしかないのです。

そう考えると非常に気が楽ですね。

まあ、これも「その気になっただけ」で、深層心理がどうなっているのかは知りませんが……。

ともかく、これで元通りです。

♪

では近況報告を。

土曜日（1日）には前述のとおり植物園と、香取神宮へ行ってきました。パワースポットらしいです。おみくじの結果は大吉で、健康運は「信神すればよし」だそうです。

知るか。

古木がすごかったです。

日曜日は小学校時代からの友人が来て、久々にはしゃぎましたねぇ。

月曜日は照射が午後一であり、３時から９時まで前日のメンバーでバイオＤＣやサイレントヒル（地図縛り　笑）を。

今日も昨日と同じく照射でした。

体調には目立った変化はないです。

それでは。

放射線治療終了　5月6日

今日、最後の放射線を当てて予定していたすべての治療が終わりました。

合計で24グレイと、過去最高（1番目の移植のときは12グレイ）となりました。

月曜日にMRI・マルク・ルンバールをやる予定です。

昨日は高校の友達が家に来て（会うの1年以上ぶり）遊びました。

やっぱいいなあこういうの……。

脳の白い影について　5月12日

こんにちはワイルズです。

24時に寝て16時に起きるような生活をしています。

本日、主治医のK先生から電話で、MRIの脳の奥の白いのは腫瘤じゃないことがわかりました。

今回の放射線治療でついた「傷」か、白質脳症だそうです。一安心。

今までもそうで気づかなかったのか、いやそんなはずはない今日の体調としては、なんというか……めまいですか。外界から受信する情報がとにかく歪んでるというか。ぐらぐら、ふらふら、ぐわんぐわん、ふわふわ、そんな感じです。

これで何が不都合かって、まずは歩行ですよね。危ない。家は掴まる物がたくさんあるのでいいのですが、それらがない場所ではとても……。車椅子使えばいいんですが。

あと、細かいことですが本が読めない。文字が歪むわ飛ぶわで……。いや、本気になれば読めるんですが。

思えば兆候はあったんですよね。ここ最近、本を読んでいると突然文字が歪んで読みにくくなることがあったんです。

今回の異常は、まさにその歪みが全体に広がったようなものなので。

原因は何かといえば、そりゃあ脳に対する治療ですよね……。

放射線↓軽い異常（文字が歪む）

↓

髄注↓そこそこの異常（外界が歪む・手足が跳ねる）

とりあえず、様子を見るのがベストでしょう。

基本的に髄注の影響は時間で消えていくものなので。

あと、手足が跳ねるのも軽く出ているので、タイピングが非常にしづらいです。

また痙攣が出なければいいのですが……。

それでは。

近況報告　5月31日

こんにちは、ワイルズです。

本当は先週の骨髄の染色体検査の結果が出てからご報告しようと思っていたのですが、とりあえず現時点での状況を……。

先週の月曜日にマルクをした結果、目視でがん細胞が認められ、骨髄再発ということになりました。

完全に診断が下るのは、染色体検査でホスト（わたし自身）由来の細胞が増加していることが確認されてからなのですが。

とにかく、再発ということです。残念ながら。

主治医の先生が提示する今後の道は大別して2つで、
①完治を目指して治療する
②体調を維持することを最優先しできるだけ（身体的に）楽に長く過ごす
というものです。私の今現在の考えとしては、②をとるべきだと思っています。

それはあきらめて死を待つという意味よりは、無茶をして早々に命を散らす危険を冒すべきではないだろうということで……。
この辺は長くなりそうなので次で書きます。
ああ、とりあえず今の体調は良好です。
視界に問題が生じたので常に片目閉じてますが……。

いろいろ検査結果など　6月11日

この前行った検査（ＭＲＩ・マルク・ルンバール）の結果が出たのでご報告を……。
マルク：目視では問題なし、染色体検査結果待ち
ルンバール：問題ない数値
ＭＲＩ：白質脳症は変わらず、浮腫ができている（前頭葉が腫れている）
基本的に問題ないですね。
相変わらずモノが二重に見える症状は続いているので、今日は眼科にもかかりました。
いろいろ検査したところ、解散不全という状態になっているらしいです。
解散不全というのは、遠くのモノを見るのに必要な分だけ目が開かない病気というか症状というか。
こういうのは一過性の場合が多いので、様子を見ることになりました。

というか、現時点で最も疑わしい原因が放射線による脳のダメージなので、結局解決するのは時間だなあっていう。

今後について　6月30日

こんにちは。ワイルズです。

マルクの結果から、病気の細胞が増えていることが認められました。

染色体検査によると、XX（病気）が211、XY（正常）が289と、骨髄の40％程度に達していることがわかりました。

これで骨髄再発は確定的に明らかになったので、今後の方針について主治医のK医師と話し合いました。

決定した方針は、
大目標：完治ではなく、体調維持→ロイケリン・メソトレキセートによる治療を2週間試して、その後、マルクをして効果をみる
ということで、今日からロイケリンとメソトレキセートです。

飲み薬で、毎日寝る前に飲みます。メソトレキセートは週イチです。

さて、気づいた方もいらっしゃると思いますが、そうです。

今私が最も望んでいることは体調維持なのです。

オブラートに包まない言い方をすれば、余生を苦しまずに過ごしたいということです。

体調維持の治療だと、一般的に余命は1年から2、3年だそうです。あくまで統計的経験的データによる数値なので、モロにそうだというわけではありませんが、有限なのは確実です。

なぜ完治を目指さないのか？　というのは、一つは現実的な問題として、もう治療に身体が耐えられないということです。

2度にわたる骨髄移植で、私の内臓には回復不能なダメージが蓄積して、すでに機能は著しく低下しています。例えば、心臓は通常の50％程度の能力しかないし、腎臓・肝臓も予備力は3分の1程度に落ちています。

この身体では、移植＝強い抗がん剤治療の副作用には耐えきれず、治療によって生命を落とすことも十分有りうるそうです。

そういうあまりにも危ない橋はとても渡る気にはなりません。

二つ目は、気力の問題です。

去年の治療では、文字どおり最後の力を振り絞って、全エネルギーをもって移植に臨みました。

よってもう私には移植なんていう戦争を乗り切る、というか挑む気力も精神力も残っていないのです。

もちろん、完治を放棄する＝生命に見切りをつけるという決断は、そう簡単にできるものではなかったのですが……。

ここ最近、いろいろ考えて、自分なりに納得はつきました。

その納得に至る思考の旅は、結局「人生とは何か」とか、「人はなんのために生きるのか」とか……。

あまりに長くなるので割愛しますが、結論だけ言うと、「人生は長さではなく内容である。自分はもう十分に満たされた」ということです。

ああ、なんでこう長くなるのか。

そろそろ〆ます。無理やり締めます。

続きはまた。

エクストリーム・世間話　7月3日

こんにちは。

前回の記事に対してはたくさんの方から応援のコメントをいただき、非常に励みになりました。どうもありがとうございました。

今できることをやっていって、積み重ねていこうと思っています。

最近の私は、主にエクストリーム・睡眠に熱中していて、その他はネットの海を当てもなく本能のままに漂流したり。

Wikipediaの科学関連とか読んでると胸が熱くなります。すげえ、なんかわからないけどすげえって。

「問題が理解できる」数学の未解決問題とかも。P≠NP問題とかコラッツ予想とか。♪

今日は昼に地元の幼馴染みの子が来て、私一家＋その子でいろいろお話ししました。来たときに私は寝ていて、母が起こしてくれなかった（起こしに来たのに私が起きなかった←記憶がない……）ので、私はエクストリーム・途中参加でしたが。

いやあ、楽しいですよねえ。やっぱり。

「他愛もない話」の尊さというところを身に染みて感じました。

みんなもう受験なんですねー。複雑な心境です。

ホント楽しかったです。こうして友達が来てくれるのはすごくうれしいですね。感謝感謝です。

骨折未遂　7月5日

日曜日に部屋で転んで、両手首両膝を骨折未遂しました。

なんでそんなことになったかと言うと、ご存じのとおり私は足の感覚神経が（おそらく）アラノンジーの影響で麻痺していて、モノが当たったりしてもわかりません。で、部屋の床に散乱していたコードが足に絡まったことにも気づかず、足を踏み出そうとしたら、そのまま正面に棒倒しに。まず膝から床に衝突し、上半身を支えるため両手首をつきました。

今のところ湿布を貼って様子を見ています。それなりに痛いです。特に膝の曲げ伸ばしと、手の親指の付け根が。

動かすのに支障はないのですが、状況的にヒビが入っていてもおかしくないです。抗がん剤の影響で、私の骨は非常にもろくなっていて、骨粗しょう症のような状態になっているので、折れやすいのです。

水曜日に病院へ行ったときにレントゲンをとってもらおうと思っています。健康な身体だったら、こんな大事にはならなかったんでしょうが……怖いですね。

鹿島神宮参拝　7月11日

こんにちは。

ええと、改めてお伝えしますが、骨折はしていないです。見るまでもなく～というのは、見るまでもなく骨折ではないということです。

♪

さて、土曜日に家族で鹿島神宮へ参拝に行ってきました。

なぜ、当日記事を書かなかったって？　当日は帰ってきたらもう即ダウンだったからだよ！

買ったばかりのカーナビに案内してもらいながら、鹿島神宮へ。そういえば、情報オリンピック本選の解答解説のときに、ＶＩＣＳ（道路交通情報通信システム）の人の講演あったなとか思い出しながら。

途中、海浜公園で停車して、しばらく海を眺めていました。青いな……と。広大ですね。恐ろしいくらいに。

死んだあとは土に埋められるより、海にまかれたほうが全然いいなと思いました。

で、ナビの予測どおりの時間に神宮へ到着し、車椅子で参拝。前の香取神宮よりはマシだったのですが、石畳は堪える……。

本宮まで行ったところで、道がもう車椅子では進めないのでそこまで。奥には要石とかあったんですが。まあ……仕方ないね。

不親切だ、とかは言いませんよ。だって元気に歩いていたときに、一度でもそんなこと考えたことありませんから。人のこと言う資格はないですよ。

で、本宮でお参り。本殿にはご丁寧に二拝二拍手一拝のやり方が書いてあったのですが、本宮は何もないので、適当に拝みました。

その後、本殿に戻ってお参り。と言っても、特に何が欲しいとか、したいとかがなかったんで、とりあえず「生きたい」と。「できる限り」の接頭辞が付きますがね。

鹿がいました。なんでも神鹿で、奈良の鹿はここがルーツなのだそうです。知らなかった。

鹿のそばにはなにやら薄汚れた石があって、それは「さざれ石」だそうです。そう、「君が代」の歌詞に出てくるさざれ石ですよ！　実在したとは……。

その後、刀とかの展示室に入って、いろいろ見ました。柄がないのでなんか変な感じですが、正真正銘の刀です。マジモンのを見るのは生まれて初めてでした。カッコイイですけれど、これ人を斬っているんですよね……。

館内は撮影禁止でした。する気も起きません。絶対何か写っちゃいますって。

メイン展示物の神刀、でかい。３メートル弱ある。いや、これはもう刀とは言わないだろと。

レプリカが吊るしてあって、ご自由にお触りくださいとあったので、持ち上げてみると、重い。

当然、柄の部分だけで支えるのなんか不可能です。切っ先は微塵も持ち上がりません。

説明とかは日本語でＯＫだったのでスルーしました。

というわけで、そんな感じでした。

パワースポットらしいです。まあ、確かに見事な杉林と建物で、神聖な雰囲気は感じました。

それでは。

虚　7月12日

今日は、サッカーを観たあと寝て、ＰＭ３時頃に起きて、録画してあった逃亡弁護士と戦国BASARA2を見て、カレーうどんを食って、化物語３巻を見て、土曜日に市場で買ったイカを焼いて食って、天の通夜編とアカギ1巻とレッドファクションをネットで注文して、この記事を書いています。

なーんか……『虚』だな……

いろいろなものを捨ててしまった……

未来がないというのが、ここまで行動力を奪うとはね……

輸血　7月15日

おととい輸血して、帰ってきたらなんか熱が出て、その日からずっと熱っぽいです。

ＣＲＰは４くらいで、まあ熱が出てもおかしくない数値なんですが……。

一応抗生剤を飲み始めました。今のところ37・３度前後を保っています。

今日は輸血のために病院へ行き、ついでに前のマルクの結果（目視）を聞きました。

がん細胞は全体の半分ほどで、前回の２１０／５００からゆるやかに増えているとのこと。一応、増殖のスピードは抑えられているとのことで、これからも（次のマルクまでは）現在のロイケリン＋メソトレキセートで行くそうです。

ＰＬＴの数値がひどく、おとといはなんと５０００でした。ＨＧＢも５・９と前代未聞の数値。

その時点で（輸血前で）立つと、ものすごい貧血症状（視界が青と赤で点滅する、ふらつく、耳が聞こえない）があったのも納得です。

これはひとつは抗がん剤の副作用で、もうひとつはがん細胞によるものだそうです。両者の割合は１対１程度だそうです。

よってこれからは週に２回は輸血が必須になるとのこと。

多分もう、輸血をしないと生きていけないんだろうなあとわかりました。

死期を悟り始めたので　７月18日

お知らせいたします。

私自身、予想以上に早かったため、焦っています。なぜ焦るのかというと、まあ、うみねこが完結する（はずの）ＥＰ８が年末だからというのがメインなんですが……。

これは錯覚や妄想ではなく、根拠のある実感としてあるものです。言葉では説明の仕様がないのですが、うーん……単語の羅列で表すと、第三者視点、戯曲的、客観視、虚脱、抽象化、回帰。

ウソだと思う人、もし自分の死が近づいたとき、私の言葉が本当だと気づいたら、墓の前で懺悔(ざんげ)しな！　跪(ひざまず)け！

もちろんできるだけ長く生きるつもりです――が、抗うことのできないものに抗う気はないし、そのときが来るときは、事前にやることをやるつもりです。

＊＊＊＊＊

あの……ひとつここでハッキリ言っておきたいのですが、これは読んでくださっている方をひどく不愉快にさせる内容かもしれないのですが、要するにこれは、「後ろに投げたバスケットボール」なのだと納得してほしいということです。

理解はしなくて結構なので納得してほしいということです。

確かに希望を持ったり何かを信じたりすれば、「奇跡」は起きるのかもしれませんが、残念ながら私にはもうその力は残っていないのです。

だって常識的に考えてみてくださいよ。

再発して、移植して、死にかけて、再発して、移植して、死にかけて、また再発？というか私、確か再々発のときに「これが最後と思ってすべての力を出し」たんですよね。

今さらだから明らかにしますが、再々発で入院した当初、闘う覚悟を決めたあとに、こんな旨のテキストファイルを打ったんですよ。願掛けというかおまじないというか、そんな感じで。

「これが最後の闘いです。白血病は総力でワイルズを殺しにかかり、ワイルズは総力で白血病を滅ぼしにかかります」

そのテキストも今となっては無意味なものとなってしまいましたが、とにかく何が言いたいかというと、もう力が残っていないということです。

だからもう私に「希望を持て」とかそういうことは、言うなとは言いませんが多分言っても届かないと思います。

だって持てるものなら持ちたいけれど、精神、いや、脳と言ったほうが納得してくれるのかな。そういう部分が限界を超えてしまっているので。

逆に、ない力で闘うのは、もはや私にとっては苦痛、拷問でしかないんです。私にとってベストなのは、ゆっくりとそのときを待つこと。

直接的な言い方をすれば死ぬときまで、できるだけ楽に過ごすことだと考えています

おそらく17、18程度になるであろう享年は、短い……と言ってしまえばそれまでですが、だからといって哀しいとかそういう気持ちは意外と湧きません。

まあ陳腐な表現ですが、人生は長さじゃない、というのが最も適切だと思います。

後悔は？　と訊かれれば、いくらでも答えられますが、そんなのは何歳で死のうと同じじゃないですかね。

ただ、振り返ってみれば、恵まれた人生でした。

結局のところ、人生なんて、走馬灯を見て笑えるかどうかだけなんじゃないかと思っています。

＊＊＊＊＊

長くなりましたが、とにかく、今日ハッキリさせておきたかったのは、私は2年、1年、あるいは半年、もしかしたらもっと短く、そのうち死ぬということです。

そうか、こういう考え方もできる。私は白血病と闘うために、生きるために必要なエネルギーまですべて使ってしまったのではないか。ということは、白血病には勝っていたのかもしれない。灰になってしまえばそんなことは。

いいか。灰になってしまったけれども。ま、どーでもいいか。相打ちという形にはなってしまったけれども。

確かに、こうなってみると、人が死を遠ざけるのは異常な気がします。

誰もが死は空想、遥か遠い出来事、自分には関係ないこと、ということにしようとしているよね。

実際には、明日交通事故で通り魔で火災で洪水で隕石で心臓発作で死ぬかもしれないのに。

それでなくても、かならずやってくるものなのに。

そんなに毛嫌いするものだろうか？　死とは、もっと仲良くするべきものなのではないか？（否定的な意味ではなく）

学校では教えてくれないそこのところ。

〈Twitterより〉

7月20日　AM1：28

死は誰にも理解できない、限りなく理解した気にはなるけれど。

染色体検査&高熱　7月21日

昨日輸血のために病院へ行き、ついでに染色体検査の結果を聞いたら……。

415／500

全然笑えないから困る。

この数字は要するに、骨髄がどれだけガンに侵蝕（しんしょく）されているかを表す値で、500／500は有りえないのですが、490／500くらいになるともう終わった……です。

血液検査も、そういえば前は気にしてなかったのですが、BLASTが5あるし……個人的にBLASTが0・0以外の値をとると、これまた終わった……というイメージがあるのですが、主治医はまだ大丈夫と言っています。

また、1週間ほど高熱が続いていて、抗生剤を打ったり飲んだりしていましたが、効き目はあんまり……。

高熱、倦怠（けんたい）感！　思いっきり白血病の症状じゃないですか……。

これだともう年末のうみねこEP8は絶望的、それどころか9月のガンダム00劇場版すら危ないような……。

病状・死・終末期・葬儀・遺書・死後論争　7月23日

どうも。
病状報告を。
・病院に入院して抗生剤をずっと入れていますが、38度台を保ったままです。↓感染症の疑い。
・重度の口内炎が発生。話せないレベル。キシロカイン＋アズノールうがいで対処
↓白血球数の低下か感染症。
・顔全体に、ガサガサしたかゆみを伴う湿疹（しっしん）。ステロイド軟膏（なんこう）で様子見。↓原因不明。
・痔（じ）。外でなく中の。ネリクロプト軟膏で対処。マジで痛い。
まあ、わりとボロボロだー
けど、やっぱ点滴流してると、調子は良くなってきました。
口内炎が一番ひどいので、アンペック（痛み止め）を常注。1時間に1回まで早送り。
副作用でなんかほんわかしてます。麻薬系ですからね……。
主治医K先生曰く、しばらくすれば治りそうだと。
病室は、7月に入った頃から飛ぶ小さな虫が出現するようになったので、清潔な部

屋に移動しました。快適です。

ネット環境以外は……EMOBILE……

エラー619　エラー633　ブッッ！　モデムが接続されていません！　ボウン！

圏外。

屋上へ行こうぜ……久しぶりにキレちまったよ……。

こんなことなら、iPhone買えば良かった、という話が出てるんですが、どうなんです？　詳しい人教えてください。

♪

スーパーマジメな話タイム

グダグダ書くのはアレなので、簡潔に行きます。

人間社会（日本しか知らないけど）は「死」に対して失礼すぎ！

有無を言わさず「死は悪だ」「死は遠ざけるべきものだ」「死は存在してはならない」って、みんな洗脳されてますよね！

なんなの？「死」も含めて人生だろ？　なんで都合が悪いと遠ざけるんだよ、逃げてるだけじゃん。

どんな超人でも、死ぬんですよ？　わかってます？「人は死ぬ」んです。赤ん坊も、幼児も、小学生も、中学生も、高校生も、大学生も、男も女も一切の差別無く死ぬんですよ？

……っとこれは流石に言い過ぎですね。

僕が言いたいのは、「死を除け者にするな」ということです。

うーん、まあもうどうでもいいや。こういうことは誰かに言われてもダメなんですよね、自分で気づかないと意味がない。

んで、結局今日どんなふうに過ごしたかというと、

・終末期の治療
・葬儀の予定
・遺書の作成
・死後論争

なんでいきなり？　と言うと、ぶっちゃけもう僕の身体っていつ終わってもおかしくないいんですよ。

今は安定してるけど、もはや崩れかけのジェンガみたいなもんで、1回「きっかけ」が起きれば一気に終わる。

前も書きましたが、僕の内臓のダメージってすごいんです。生きてるほうがすごいんです。

でもひとたび亀裂が入れば、あっという間に機能不全で亡くなってしまう。

——と、主治医から母親に話があったそうです（どーせ俺の耳に入るんだから直接話せばいいのに。冷徹ぶっても医者も所詮人間か、安心する）。

という事情があれば、→の仕事は当然ですよね？

母と話し合ったのですが、そのときの様子をビデオにでも撮ってアップすりゃ良かったな。

辛気くさく、涙しながら？　んなワケねぇぇえだらァアア。

笑いながら、「明日のピクニックはどこに行こうか」と同じように、つつがなく完遂されましたよ。

終末期の治療はK先生も途中から加わり、空気を察したのかもう観念した様子で彼も笑いながらやっていました。

まあ、覚悟が決まった、という言葉では表せませんね。「それがそうなのだと理解し、それに納得し、踏み出すことを決めた」とでも言っておきます。

●終末期の治療
終末期というと死ぬ直前ということですが、僕は絶対自宅の自室ベッドの上で死にたいので、K先生に訊いたところ、以下のような方法がベターということでした。

自宅には、痛み止めの点滴と、酸素吸入セットを持ち込み、家人が操作できるそうです。

最期には激しい痛みなどが予想されるのですが、痛み止めのスイッチは「私」の裁量に委ねられるということです。

薬品名を聞き忘れたのですが、おそらく今も流しているアンペックでしょう。

アンペックは、ある一定量入れるとそこで効果が止まるとかそーゆーことはなく、入れれば入れた分だけ効くそうです。ただし、副作用の眠気で、おそらく投与している途中で寝てしまうそうです。

また、もし操作をミスっても酸素があるので大丈夫、ご家庭でもセーフティーな医療を体験いただけます。

だから、予想される最期は、

最期の痛みが来る（これは本能でわかる気がする）

看取り人との最期の別れ

スイッチ。深い眠りに落ち、静かに心臓が止まる

こんな感じですかね。てかこれが理想型。

「薬漬けにされ1分1秒でも長く生かされ、最後までワケのわからないまま死ぬ」

今のメジャーな「死」なんてゴメンですよ。

●葬儀の予定
事務的に。

火葬。遺灰を3分割し、ひとつは父方の、ひとつは母方の実家の墓へ。もうひとつは太平洋に散骨。

両親の判断で、遺書を公開。遺書はテキストファイル形式、希望者にはメール送付、あるいはネットへのアップロードも許可する。

●遺書の作成
忘れがちだが、明日いきなり心不全で死ぬことだってあるというのに。

遺書の完成は急いでいます。

●死後論争
雑談です。結局「死後はどうなるのか？」という不毛な論争。

とりあえず、葬儀後の集合写真のど真ん中に私（霊体）が陣取ることを約束します。

まー……今話せるのはこんなところです。

なんというか……今は、とても……穏やかです。

あらゆるしがらみから解き放たれたというか……。

最後はなんかの本の引用で。

「陣痛に耐えられるのは、その後に子どもが生まれる幸せがあると知っているからだ。死も同じだ。ただ知らないだけ」

〈Twitterより〉
7月23日　AM３：53
白血病「僕はここにいていいのかもしれない！」バリーンブワッ。ペプシド「おめでとう！」メルファラン「おめでとう！」フルダラビン「おめでとう！」アラノンジー「おめでとう！」↑おいやめろ
PM１：28
眠るように死にたいと言ったら笑われた……。
PM１：39
死は穏やかであるべきなんだよ。
穏やかに死ねることがこれほどの至福とはね。

PM6：33

親（母）と死についてすげー楽しく話せるようになったことはすげー良かったと思う。

熱下がった　7月25日

昨日、1日中39度台（最高39・6度）になって、おお〜激しいっていう状態だったんですが、今朝平熱に下がりました。

じゃあ帰れるのか？

帰れるかこの口内炎でっ……！

アンペック常注でこの痛みなんだぞ……！

それに抗生剤も熱が下がったからといってやめるもんじゃないんだっ……書き忘れてたけど、CRP15くらいなんで……。

痔はわりとどうでもいい。

アンペックがまた増えた……痛みはだいぶマシになるけど、反比例して眠気は強くなる。

なるほど、この眠りと痛みからの解放は安らかな最期に必要だな。

♪

死体があるか、ないかの違いはあるでしょうが。

男はさっぱり別れるってのがジャンプ流よ！

具体的に何かって？　言わせせんな恥ずかしい。

何らかの波紋として伝わると思います。

「高校」フォルダには、1年次の2学期までのレポートの原稿があります。

一応全部「5」のレポートですので、優しい先輩は後輩に配ってあげましょう。

黒歴史なので焼却処分が一番望ましいのですが、ひとつだけ有効活用できそうな方法を。

遺書より抜粋です。

基本的に、伝わるところは伝わるように、あとは笑えるように、って感じなのでこんな感じになってます。

不特定多数向けのメインなところはほぼ完成しました。あとは個別向けのメッセージです。これが大変なのよ……。

あーあと、個人的になんか言い遺して！　って人は連絡ください。言われなくても遺すよ言わせせんな恥ずかしい………な人は別にいいけど、認識のズレから悲劇が起こるとアレなので不安な人はよろしく。

♪

今までネットで応援してくれた方のために、葬儀をネット中継したらどうか？　とか、送り出しの音楽はうみねこのBGMなんかどうだろうか？　とか、いろいろアイデアが湧いてきますな。特にネット中継は、新たな試みのトレイルブレイザーとして良いと思う。

葬送曲候補「うみねこのなく頃に」より4曲選曲（ブログ参照）てか他にもありすぎて困る。

〈Twitterより〉

7月25日　AM11：00

祝福しろ、死にはそれが必要だ。

7月26日　AM2：13

俺は一体何と戦っているんです？

AM2：33

死に直面しているとき↑「生きていると実感するときは？」

AM２：46

医療機関に予算もっと回して↑「政治家にひと言」

フィギュアレビューなど　7月27日

とりあえず、熱はもう安定して、体調も（口内炎とかゆみ以外）良くなったので、とりあえず明日から外泊です。

口内炎は、アンペックの早送りとキシロカイン＋アズノールうがいで耐えられる程度。食べ物は言うまでもなくムリですが、飲むゼリー（ウイダーinとか）はギリギリいけるので、栄養はなんとかなるはず。

まあ、激痛で夜目覚めたりもしますが、早送りしてうがいすれば2時間は保ちます。

外泊中の痛み止めはどうするかというと、貼るアンペック＋ＭＳコンチン＋うがいで対応します。

貼るアンペックというのは、胸とか腕とかに貼っておくと、アンペックを常注しているのと同じ効果が得られるシールです。皮膚から成分が吸収されるらしいです。

この貼るアンペックが、常注アンペックの代わりで、ＭＳコンチンは特に痛いときに飲む↓早送りの代わりになります。

まあ、結局一番効くのはうがいですね。うがい自体は死ぬほど痛いんですが、まあ涙を流しながら（マジで痛いと自然に出ます）、ウリャ――――って感じでやれば問題ないかと。

短期集中型の痛みは、心で叫びながら目をひん剝いてのたうちまわりながらやれば基本的に耐えられるように人間はできています（流石にうがいしながらのたうちまわりはしませんが……）。

かゆみは、原因はアンペックと思われるので、常注アンペックをやめれば良くなるんじゃないかな〜。治らなかったらかゆみ止め使って〜ということなので言われたとおりに。

結局すべての元凶は口内炎じゃないっすか！

今日の血液検査ではＷＢＣ（白血球数）が６００とだらしねぇ結果だったんですが、この数字なら（口内炎も）仕方ないね……。

なぜここまで白血球が下がったかというと、

仮説１：ロイケリンをやめたのが先週後半だったので、まだ骨髄抑制から回復していない

仮説２：今までの白血球の数字にはがん細胞が含まれていて、ステロイド剤によってそれが殺され、本来の（正常な細胞だけの）数値に戻った

のふたつ（もしくは両方）が考えられます。

後者だとしたら、図らずともステロイドががんに有効だということなので、延命的には悪い話じゃないですね（実際、ロイケリンとメソトレキセートよりは効いたということになりますから）。

ともかく家に帰れば病院にいるよりは気分的に全然違うので、帰れてうれしいですね。

絶食1週間目ですが、ロイケリンをやめたのとステロイドが始まったことの相互作用か、腹が減ります。

レスリング動画の「あぁん？　あんかけチャーハン？」「最強☆とんがりコーン」とかにまで反応する始末……。

あんかけチャーハンが実在するのかは知りませんが、どっかで歪みねえ料理人が作ってるはず。

まあ、飯なんて1カ月間食わないでも人間大丈夫なんですが……気分的に……。

いずれは食えるようになるんで気長に待ちましょうかね。

ちなみに、絶食しても体重って全然落ちませんのよ。これ豆知識な。

病人の体重が急激に落ちるのは運動しないことで筋肉がなくなるためなのです。

それでは今日はこの辺で。

外泊～　7月28日

本日外泊に出ました～ヒャッハー。

先日書いたとおり、口内炎の痛み止めに関してはうがい、塩酸モルヒネとフェントス（貼るアンペック）で対応中。

ただ、それだけでは足りないので、ボルタレンを朝夕に定時で飲むことになりました。

フェントスは、貼ってから効果が安定するまで2～3日かかるそうなので、まだ完全に効いてないのかもしれません。

うがい用のキシロカインとアズノールの混合液は、3Lもらいました。かなり頻繁にするので、このくらいないとね……。

口内炎の様子は相変わらずです。よくも悪くもなっていません。

やはり白血球が上がるのを待つしかないですね。逆に言えば、白血球さえ上がれば治るので、時間が解決してくれるイージーな問題ということです。

痔も、毎日薬を塗っていますが、あんまり良くなってはいないようです。

というか、飯食ってないのでもう何日か便が出ていないので、治ったのかどうかよくわからないです。

最後にしたときは恐ろしい程痛かったのですが。

ともかく、家です！

病院から外に出ると、湿度を含んだ生暖かい風が身体に当たり、それがなんとも心地よいです。

〝Here I am!〟といったところでしょうか。生きてるという実感を持てます。陳腐な表現ですが。

先週の木曜日に入院したので、ちょうど1週間ぶりですか。ん〜やっぱ家は良い。この世で一番居心地の良い場所ですね。

買ったフィギュアを自室の机に並べるとおお壮観。かつては教科書とノートを開くためだけだった机が、なんということでしょう一気にトイ・ストーリーの世界に。

〈Twitterより〉

7月28日　PM7：39

風が気持ちいいわ、外の風。すげえ、ああ生きてるなって実感できる。

7月29日　AM0：54

眠いけど衝動がすごくて寝たくない。とにかく動きたい、そんな感じ。

PM1：45
マジで医療保障制度なんとかしろよ……莫大な治療費が払えないために助かる命が助からないなんて。

PM1：46
結局医療だ福祉だって言ってても、連中何もわかっちゃいないんだよな。実際に自分が病気になって初めて気づくんだろうな。

PM1：48
小児慢性特定疾患がなければ、多分難病の子供はほとんど（金的に）死んでるよね。1カ月で1千万くらいかかるからなぁ……大人は自己負担（それなりに返ってくるみたいだけど）って恐ろしい。

7月30日 AM0：45
7時から家族と団欒（だんらん）してた。家族っていいよね。

ＡＭ０：45
父・母・俺・ネコね。

ＡＭ４：26
幼馴染みの子はマジ天使。話してると二次元とかどうでもよくなってくる。

ＡＭ４：29
マジ人って死を異常に嫌うよね。本来死は仲良くするべき存在なのに。

ＡＭ４：33
いつの間にか好きになってたんだよなあ。病気さえなければ……と。

ＡＭ４：55
俺の姿がどんなに変わろうと、いつものノリで眩しい笑顔で話してくれるあの子が恋しい。

AM4:56

来世というものがあるなら、転生というものがあるなら、もう一度何処かで逢いたいよ……。

フィギュア届きました！　7月30日

体調はすこぶる良好であります。

ただ、いくつかの支障としては、まず物が二重に見える症状がまた出てきたこと。

それと、手の痙攣がまた出てきたこと。

最後に、チック症状がひどいことです。

視覚と痙攣は、白質脳症でしょうねぇ。まだ完全に治っていなくて、不安定なんだと思います。

チックは……なんでだ？　入院中のストレスかなあ。それとも、これも白質脳症と関係あるのかな。

まあともかく、そうは言っても元気は元気です。

家生活を満喫中！　メシは食えないんですけどね。

けど、今日レトルトのビーフシチューをちょっと食べました！　汁の部分だけだけど。固形の肉とかも食ってみたんですが、もう痛くて痛くてすぐうがいに直行しました。やっぱ、まだ噛むのは無理です。

マジ腹減った……ネコのエサまで美味しそうに見えます。

♪

では、そろそろ寝ます。

今日は輸血が、血小板は確定、赤血球は採血結果次第です。まあ、おそらく赤血球も入れるでしょうけど。

なので、病院にいる時間が長いので、思う存分写真を撮って、ＰＣで加工して、というふうに予定しています……。

白血球上がってるといいなあ……

それでは！


〈Twitterより最後のつぶやき〉　7月31日　ＡＭ６：14

熱40・1度……!!

高熱再び　7月31日

タイトルのとおり、再び高熱が出たので更新できませんでした。

写真とかは撮りまくったのですが、編集してアップするには至らず……。

体調が良くなり次第、経過なども載せたいと思います。

（最後のブログ）

最期の瞬間まで

２０１０年に入ってから病院嫌いな息子は外泊を多くできるよう主治医に頼んでいた。６月以降、僕には時間がないのだと、たびたび言っていた。

7月10日（土）、家族で鹿島神宮へ行ったことが、彼の最後の元気な外出となった。移動は車椅子だったが、那珂湊（なかみなと）漁港市場での人混みでは、ゆっくりと自力で歩けた。途中寄った海浜公園のベンチで鹿島灘の海を見つめる息子が印象的だった。

7月13日（火）より発熱。染色体検査結果は４１５／５００で、骨髄内の白血病細胞が80％以上になり悪化していた。また、感染症の可能性もあった。

7月19日（月）より口内炎のため食事がとれず、亡くなるまで「のむゼリー」からの栄養摂取となった。ステロイド剤の副作用で空腹感が強く、食べられない辛さが身に沁（し）みると時々、笑いながら言っていた。

7月22日（木）～28日（水）まで高熱、重度の口内炎、痔、顔の皮膚症状、全身のかゆみで入院治療。22日のCRPは16・42だった。

7月25日（日）、平熱に下がったが他の症状は改善されない。特に口内炎の痛みが絶大だったが、28日（水）外泊許可が出たので夜帰宅した。本人は大喜びで、外の空気を満喫していた。

このとき病院の駐車場で、本を出版したいと突然言ったのだった。

〈鎮痛対策は、塩酸モルヒネ錠＋フェントステープ〔貼るアンペック〕、ボルタレン錠〔朝夕定時服用〕、うがい〔キシロカイン＋アズノール混合液〕〉

7月29日（木）は、一日中家のなかで機嫌良く活動していた。日中は、2、3日前手に入れたフィギュア（人形）の写真を撮りブログアップしたり、階下に趣味の銃を持参して写真を撮ってくれと頼んだり、他にはスケキヨ面を付けてジョジョのポーズを何種類かとって、大笑いしながら写真を写した。14時～18時昼寝。18時、待望のフィギュア（ビリー兄貴）が届き、大喜び。

夜は、18時30分～午前0時45分まで、ずっとリビングでテレビを見たり、おしゃべりに興じて普段の彼らしくなかった。親との時間をいとおしむかのようだった。

その後、自室に入ってから翌朝5時までフィギュアをいじり、ＰＣをやっていた。

（就寝前に30日付、ブログ更新）

７月30日（金）、11時　病院へ戻る日。25日より平熱だったが、８時の検温で39・7度。それでも、起床してＰＣをやったりフィギュア（ビリー兄貴）をいじったりして、10時30分、病院へ向かった。

採血結果は、ＷＢＣ２００、ＨＧＢ８・７、ＰＬＴ１万９０００、ＣＲＥ１・５９、ＣＲＰ15・３２。ノイトロジン注入、血小板（２４０グラム）・赤血球（２９０グラム）点滴。

21時50分、帰宅するなり「もう、すぐ寝るから」と言いながらベッドへ直行した。日中の様子は、朝晩39度以上の熱があるにもかかわらず元気だった。

病院に着くとまず持参したビリー兄貴と「けいおん！」の澪ちゃんのフィギュアをデジカメで撮りだし、ポーズを変えて笑ってしゃべって楽しそうだった。

午後、スケキヨ面を付けて血小板点滴中の写真を撮ってくれと言いだし、ついでに病室（個室）も記念にとベッドから降りて二方向を背景に写した。また、ＣＶ（中心静脈カテーテル）消毒時、突然「記念に写真を撮って」とシャツを手で押さえながら待っているので私は不審に思いながら撮影した。その後、点滴終了まで眠っていた。

7月31日（土）5時、検温で40・1度の熱。私が階下に息子の飲み物を取りに行ったスキに、机でPCを打っていた。一喝したらすぐベッドに戻って横になったが、このとき入れた1行が最後のTwitterに残された「つぶやき」となった。

8時、検温で40・6度だったので、10時30分、病院へ戻った。

夜は、本人の強い希望で隅田川花火を観に行く予定だったので、そのときだけでも熱が下がるようにと主治医が配慮してくれた。

（抗生剤ロセフィン、NS点滴〔2時間〕）

花火を観ながら飲酒をして良いですかという息子の質問に、主治医は明るい笑顔でOKを出してくださった。息子はとてもうれしそうだった。

生まれて一度もアルコールを飲んだことがない彼は、少し前から味わってみたいとぼやいていたのだ。12時、検温。39・4度の熱。

14時頃、帰宅して、17時に花火へ出かけるまでの間、自室でPCをやっていた。最後となったブログ「高熱再び」の更新はこのときである。

14時30分に服用したボルタレン錠の効果で、熱はみるみる下がった。

17時の検温で36・5度。19時の検温で35・6度。

友人宅のマンションの屋上から観た花火は、第一・第二会場両方が見えて、屋形船がたくさん浮かぶ隅田川と、通行止めになってオレンジの照明で照らされている高速道路も間近に見える絶景だった。

「ももの缶チューハイ」をゆっくり飲みながら、息子は終始黙って花火を観ていた。想えば、息子の魂の炎は30日就寝したときに燃え尽きた感がある。31日は、自力で歩けなくなっており、午後から口数も減っていた。

花火へ向かう車中で、私は息子の様子が変だと気づき、妙な不安を覚えた。彼は助手席のシートをたおし、目を開け無表情にじっとしていた。

約2時間の花火大会中、自らひと言も話さず「きれいだね」と声をかけたら「うん」と答えただけだった。従来の覇気が全く感じられなかった。

8月1日（日）7時、検温で40・6度の熱。喉が渇いたので昨夜の「ももの缶チューハイ」を飲みたいと言った。朝からこんな状態でアルコール……。しかし、どんな要求もきいてあげたい気持ちになった。彼はおいしそうに半分飲んで横になった。状況を病院に伝え、戻ったが病棟へ入る直前、意識を失った。

（血圧　70／35、サチュレーション78）

病室のベッドでまもなく意識は戻ったが、本人は「一瞬耳が聞こえなくなったんだよね」と笑って言った。採血結果は、WBC1000、HGB9・2、PLT1万6000、CRE3・27、CRP37・95。抗生剤ファンガード、カルベニン、血小板（240グラム）点滴。

夫から連絡を受けて病院の近くに住む、白血病研究者だった穂積本男氏（息子から見て父方の大叔父）がお見舞いに来て息子を励ました。小学生の頃からお世話になり、息子が尊敬していた。

14時頃、私たちが主治医に廊下へ呼ばれ、息子の体調が予想外に悪く、今晩あたり危ないかもしれないと告げられた。息子から、最期は自宅の自分のベッドで迎えたいと聞かされていた主治医は、選択を委ねた。

このまま病院にいて即集中治療をすることはできるが、治療中に亡くなる可能性が大きい。そうすると本人の希望を叶えてあげられない。もしくは、点滴終了後自宅へ帰り、本人の希望どおりになるようにしてあげるか。「どうしますか？」一瞬、頭のなかが真っ白になり思考が止まった。〝息子が今晩死ぬ!?〟衝撃のなかで息子の顔が浮かんだ。すると、自然に返答できた。

「本人に、今言ったことをそのまま話してください。そして本人に決めさせたいと思います」

息子は、発症した当時から病気を理解し、物事を判断してきた子だ。前向きに人生を考えて生きてきた子だから、最後の大きな判断も任せて大丈夫。任せるべきだと思った。大人以上に大人の一面を彼は持っている。

息子は主治医からの話を黙って聞いたあと、「家に帰ります」と即答した。やはり、彼にとっては迷う必要のない簡単な選択肢だったようだ。

その後、息子は点滴終了まで眠った。15時、検温。39・3度。

夫は、親戚たちに連絡を入れ、自宅へ来てくれるよう伝えた。私は、動揺しながら病室の荷物をすべて持ち帰る作業をやった。

18時30分頃、帰宅。夫が息子をおぶって車からベッドまで運び、熱で汗をかいたシャツを着替えたいと言うので私がシャツを脱がせた。その後ろ姿を見て夫が、「俺に似て骨太のいい背中をしているな」と言ったら、「じゃあ、写真を撮って」と息子が言った。上体が少しフラついたので私が腕を支えていた。

その後、ベッドに座っていたいというのでクッションを背面に入れた。「パソコンを取って」と言われ、何をするのだろうと見ていたら、フタを開き、キーの上に両手を構えたが、大きく痙攣していてとても作業不能だった。本人がその手を見つめていたので、「良くなってからやればいいよ、ねっ！」と明るく言ったら、「うん」と同意したので足元にPCを移動した。

次に、机の上の今朝届いた封を開けていないフィギュアの箱を指して、「取って」

と言う。中身を出して横に置いてあげたら、人形を手にとってながめたあと、取説を読みだした。

それは、彼が7月30日（金）午前2時5分にネットのヤフーオークションで落札した待望の東方フィギュア「霊夢」だった。しかし、すぐに「やっぱり寝る」と言って横になった。

19時頃、福島より来訪した親戚たちが息子の部屋へ行き、息子はひとりひとりの手を取って最後の挨拶をした。

「おばあちゃん、いろいろお世話になりました。ありがとう」

いとこへ「小さい頃、一緒に遊んでくれて、ありがとう」

その後、一同は階下へ行き、20時、彼の要求で塩酸モルヒネ錠（鎮痛剤）を服用させた。最後の飲水となった。

まもなく、私が病院を出るとき連絡しておいた、近所に住む、息子の一番の友人4人が来訪した。小学生の頃からの仲良しで、息子を含めいつもの5人組『いつ五』という心の友人たちだった。息子は部屋に入ってきた彼らを見て驚き、とてもうれしそうだった。「ほづ、元気になったらまた遊ぼうな」「カッコいい髪型じゃん。両側のこのソリ込み、俺もこんどやろうかなぁ」と、冗談を言い、みんなで笑った。息子の笑顔が輝いていた。

そして突然、彼が私に言った。

「あの、お葬式は明るく楽しくやってくださいね」

「うん、わかった。任せておいて！」

と答えたら、彼はニッコリした。最期の言葉だった。

それからしばらくして目を閉じ沈黙した。私は耳元で「良洋、ありがとう。がんばったよね。えらかったね。風が吹いている。さあ、自分を解き放って翔んでいきなさい」と言った。しかし、息子の手を握りゆっくり呼吸をしている顔を見ていたら思わず「良洋ー！」と叫んで大声で泣いてしまった。

すると、閉じている息子の目から涙が溢れ出て、目尻から流れ落ちてゆく。

はっとして「ごめん、ごめん。もう泣かないから。ママ泣かないから」と言いながら涙を拭いてあげたら、もう出てこなくなった。そのとき、泣いてはいけない、明るく元気な母親でないといけないのだ、と決心した。

そして、呼吸は大きく肩が動くようなゆっくりとした深呼吸に変わり、5分間程で止まった。心臓に手を当てていた夫が、「今、止まった」と言って壁掛け時計を見上げた。午後10時10分。息子が生前、形の良い指針だと言っていた時刻だった。

『いつ五』で最後の写真を撮った。

息子が最期のときに一番そばにいてほしかったのは、彼ら4人だったと思う。小学生の頃からずっと支えてくれた。楽しいときも、辛いときも見守っていてくれた。一緒に看取ってくれて、ありがとう。

身内や友人が帰ったあと、息子の希望どおり病理解剖のため、病院へ連れていった。車中、これが息子と一緒に病院へ行く最後のときだと思ったら泣きたくなったがこらえた。息子が悲しむことはしないと決めたのだから。

翌朝6時、葬儀社の車で息子は帰宅した。（8月4日〔水〕通夜、5日〔木〕告別式）

8月4日（水）午後、自宅で身内と納棺するまで、息子は自室のベッドで休んでいた。友人、保護者、恩師、たくさんの彼を知る方々が来訪して焼香してくださった。

彼の額を撫で、別れを惜しんで泣いた。通夜、告別式では、小・中・高の友人、先生方、保護者様、病院関係者様、町会の方々、夫の会社関係者様、闘病記ブログの顔も知らぬファンの方々等、大勢の方々に送られ息子は旅立った。

自分の死を間近に感じていた息子は、遺書を書き、理想とする最期の様子を記し、主治医や親に実現するようお願いしていた。

葬儀の内容、遺骨・遺品の扱い方も指示していた。

そして、自分の死後、両親が哀しみのあまりどうなってしまうのか、ひどく心配していた。だからこそ、それを覆す程度の生活を両親はこれから先やってゆく義務がある。生きている限り、親は子どもを悲しませてはいけない。いつでも、親は子どもの笑顔が一番見たいのである。

12月、病理解剖の結果を聞いた。

直接の死因は、感染症で敗血症＋腎不全だった。

息子が予想していた最期の激痛や苦しみはなく、眠るように逝けたことががんばって生き続けた彼へのご褒美だったと思う。

おわりに

最愛のひとり息子がいなくなった家のなかは、大人2人と猫1匹になってしまった。いかに息子の存在が大きく価値あるものだったかを思い知らされ、それでもこれから先それぞれが天寿を全うしなければならない。

息子の死から2週間後の8月14日早朝、祭壇の前に座って私は驚いた。中央にある位牌が斜め45度に移動していたのだ。

息子と生前、死や死後の世界について語り合ったとき、もし死後が真っ暗な無の状態ではなく何か世界があったら教えてほしいという私の頼みに、彼は笑いながら「何でも真っ直ぐに物を置く貴方の習性を利用して、斜めにずらしてあげるよ」と言った。

彼の死後、毎日物の位置を気にしていたが、あの約束を覚えていて実行してくれたことがうれしかった。また、その2週間後には看取ってくれた友人と5人で撮った最後の写真も、位牌と同様に移動していた。

9月1日、最初の月命日に、家族で「ももの缶チューハイ」の乾杯をしたあと、思い出話をして過ごした。そのとき撮った写真のクローゼット扉に、息子の顔が写っており左頬杖をついて部屋のなかを見ている様子だった。

死後の世界は存在すると確信した。淋しいときはその写真を見れば癒された。

息子は生きているときも亡くなったあとも、いろいろなことを教えてくれる。

彼の存在は、はたして人間の形をした天使だったのではないか。

妙に生まれたときから生き急いでいるふしがあった。学業だけでなく、性格も言動も最高の人間だった。たった17年と半年間で、そのようなことが可能なのだろうか。

80年間の人生に匹敵する充実した人生だったのではないか。

全力で邁進（まいしん）した彼の人生は、きっと彼を知るすべての方々や、これから新たに出会う方々の生きる励みになるのではないかと思う。

毎日息子と顔を合わせ、喜怒哀楽を共にしてきた。

彼の口からはいつも的確なユーモアを含む言葉が紡ぎ出され、親として至福の時間を過ごさせてもらった。

いずれまたあの世で、家族３人と１匹で楽しく暮らそう。

楽しみにしているから、ありがとう、良洋。

ワイルズ父・母

病歴（T細胞型急性リンパ性白血病（T－ALL））

小学生時代

2001年（平成13年）／3年生
6月29日　発症、入院
（11カ月）入院

2002年（平成14年）／4年生
5月30日　完全退院、通院治療開始
（13カ月）通院

2003年（平成15年）／5年生
7月2日　通院治療（化学療法）終了

中学生時代

2005年（平成17年）／1年生
8月3日　再発／入院

12月9日　1回目の骨髄移植実施
　　　　　完全寛解、骨髄バンクより、フルマッチのドナー
12月29日　生着確定
　　　　　（7カ月）入院

2006年（平成18年）
2月23日　完全退院

高校生時代

2009年（平成21年）／1年生
2月10日　再再発、入院
6月29日　2回目の骨髄移植実施
　　　　　完全寛解、母親より（2座不一致）
8月4日　生着確定

2010年（平成22年）／2年生
3月18日　再再々発（中枢神経）

２０１０年（平成22年）／３年生
６月22日　再再再々発（骨髄）
８月１日　永眠（敗血症）

本書は、二〇一一年八月、弊社より刊行された単行本に加筆・修正し、改題、文庫化したものです。

文芸社文庫

不滅のワイルズ

二〇二一年六月十五日　初版第一刷発行
二〇二一年九月十日　初版第三刷発行

著　者　穂積良洋
発行者　瓜谷綱延
発行所　株式会社　文芸社
〒一六〇－〇〇二二
東京都新宿区新宿一－一〇－一
電話　〇三－五三六九－三〇六〇（代表）
〇三－五三六九－二二九九（販売）

印刷所　図書印刷株式会社
装幀者　三村淳

ISBN978-4-286-22586-9